Juan Cárdenas

Ornamento

Tradução

Marina Waquil

1ª edição

PREPARAÇÃO
Silvia Massimini Felix

REVISÃO
Beatriz Furtado
Bia Nunes de Sousa

EDITORA ASSISTENTE
Nataly Callai

DIAGRAMAÇÃO
Letícia Pestana

CAPA
Beatriz Dórea (Anna's)

Alameda Franca, 1050, cj 83
01422-001— São Paulo — SP
www.dbaeditora.com.br

Dados Internacionais de Catalogação na Publicação (cip)
(Câmara Brasileira do Livro, sp, Brasil)

Cárdenas, Juan
Ornamento / Juan Cárdenas ; tradução Marina Waquil.
São Paulo : DBA Editora, 2025.
Título original: Ornamento
ISBN 978-65-5826-114-8
1. Ficção colombiana I. Título.
CDD-co863 25-269686

Índices para catálogo sistemático:
1. Ficção : Literatura colombiana co863
Aline Graziele Benitez - Bibliotecária - CRB-1/3129

Toda época tem seu estilo, só a nossa não terá o seu?
Por estilo me refiro a ornamento. Por isso eu disse: não
lamentem! O que caracteriza a grandeza de nossa época
é o fato de ser incapaz de produzir um ornamento novo.
Derrotamos o ornamento. Nossa dominação chegou ao ponto
de prescindir dos ornamentos. Vejam, se aproxima o tempo
em que as ruas das cidades brilharão como muros brancos.
Como Sião, a cidade sagrada, a capital do céu.
Adolf Loos, *Ornamento e crime*

No jardim as árvores eram retas, retóricas,
as avenidas retas, os lagos retóricos...
retóricos,
e em fila as corujas, retas, retóricas, retóricas...
León de Greiff

GRAÇA

1

Hoje finalmente trouxeram as voluntárias, quatro mulheres na casa dos trinta com históricos médicos insignificantes, sem registros de vícios ou antecedentes criminais. A única peculiaridade é que todas se tornaram mães numa idade precoce, mas isso é normal para mulheres de classes populares. Pedi que viessem ao meu consultório, uma por uma, para realizar um último check-up e coletar algumas amostras de sangue. Nenhuma ficou nervosa, exceto a última, a número 4, que fez perguntas demais e hesitou quando pedi que tirasse a roupa. Em seguida, cada uma foi levada ao seu quarto para receber a primeira dose por via oral. A 1, a 2 e a 3 adormeceram vinte minutos depois de tomá-la, de modo que as observações, nesses casos, se limitaram ao monitoramento da atividade cerebral. A 4, por outro lado, ficou acordada o tempo todo e não parou de falar enquanto durou o efeito da droga. Achei que seria útil transcrever o que ela disse:

> O marido da minha mãe vem nos receber na porta, paga o táxi. A casa deles é muito grande, tem dois andares e um jardim na frente. Minha mãe está nos esperando lá em cima. Que bom que você chegou, filha, diz ao nos ver entrar pela

porta do quarto. A menina sobe correndo na cama para dar um beijo nela. Minha mãe está nua sobre a colcha de flores, diante de um ventilador, lendo uma revista sob a luz de um abajur. As cortinas estão fechadas. Ela gosta de nos receber assim para que possamos admirá-la. Minha avó é tão linda, diz a menina, minha avó parece uma boneca. E é verdade, parece que minha mãe acabou de sair da caixa. No ano passado ela fez depilação a laser e não tem nenhuma pelanca, porque um cirurgião muito bom as retira com frequência. O ruim é que depois de tantas cirurgias, sabe-se lá por quê, ela desenvolveu uma alergia cutânea muito estranha e duas vezes ao dia precisa que alguém a besunte de cremes. O marido dela cuida disso, mas executa a tarefa a contragosto, com abnegação e um nojo evidente, mal contendo a ânsia de vômito. Diz que não gosta da textura amanteigada das pomadas ou do cheiro de coco que exalam. É por isso que minha mãe aproveita todas as minhas visitas para pedir que eu faça essas benditas aplicações. E quem é mais bonita?, pergunta à menina, sua avó ou sua mãe? A menina fica pensando. Me olha com malícia. Pisco para indicar que ela pode responder conforme combinamos. Minha mãe é mais bonita, diz a menina, mas só porque é sua filha. A avó gosta da resposta.

A menina liga a TV e se distrai vendo uns bonequinhos enquanto besunto o corpo da minha mãe com os cremes. E o septo, mamãe?, pergunto quando a vejo enrugar o nariz. Como anda? Ela se toca com o polegar e o dedo médio, e fico toda arrepiada. Está desse jeito, ela diz. Há pouco tempo minha mãe operou mais uma vez o septo nasal e agora parece que está com medo, pois à noite sonha que o nariz cai, deixando seu crânio visível. Às vezes eu me toco e acho estranho, é como se fosse o nariz de outra pessoa, diz ela. E o pensamento que me vem é o de que o nariz da minha mãe é, na verdade, o nariz de outra pessoa, o nariz de um morto. E, só para garantir, toco discretamente o meu e digo a mim mesma: está aqui, calma.

Quando terminamos as benditas aplicações, minha mãe veste um roupão florido e nós três descemos para a sala porque ela quer nos mostrar as porcelanas novas. Dessa vez há um grupo de personagens com perucas e fardas e vestidos de renda, pequenas figuras de cortesãos que minha mãe compra pela internet. Os personagens formam um círculo em cima de um caranguejo vermelho em tamanho real. A cena se chama Voltaire e seus amigos, diz minha mãe. E quem é Voltaire?, pergunta a menina. E minha mãe diz que é um filósofo francês. A menina quer saber qual das figurinhas do círculo é o tal de Voltaire. Não, não, minha mãe diz, Voltaire é o caranguejo. A menina adora aquela ceninha e pergunta se pode abrir a cristaleira e tocar nas figuras. Então minha mãe agarra o braço dela com muita força, cravando-lhe as unhas, e abre a boca enquanto aponta com o dedo indicador, mas não consegue falar nada, as palavras não saem. Ela quer, mas não consegue. E vejo seu crânio marcando as têmporas, ao redor das orelhas. Sou obrigada a intervir para que ela pare de cravar as unhas na minha filha. Nada de tocar nas porcelanas, caramba, digo. A menina baixa a cabeça com um gesto de falsa submissão. Minha mãe a solta. Pego o queixo da menina e ela olha para mim com duas moedas falsas nas pupilas. Não pode tocar, digo a ela, e levanto as sobrancelhas bem alto para que veja que estou falando sério. É para ver só com os olhos, diz minha mãe, que finalmente encontra as palavras adequadas.

Em seguida, vou até o marido dela no escritório, que fica no final do corredor. Sente-se, diz o velho em sua mesa. Ao seu redor há um monte de diplomas de contabilidade, estatística e economia emitidos por universidades de meia-tigela, uma estante com livros de capa em couro verde-escuro e uma foto da minha mãe em frente às torres gêmeas. E pensar que esse homem foi meu primeiro homem, meu primeiro amor, e agora só vejo um velho nojento, que pinta os cabelos grisalhos de acaju e anda sempre assim, todo pimpão, perfumado demais, com os sapatos tão brilhantes que até assustam.

Não sei se é uma lembrança ou uma invenção gratuita que a paciente cria sob efeito da droga.

Lá fora os cachorros latem, aparentemente sem motivo. Só para confirmar, olho pela janela, mas vejo apenas a habitual serenidade noturna do jardim, o bosque de pinheiros e, mais além, as grades eletrificadas que nos protegem da cidade.

2

Pela manhã, mostro à número 4 a transcrição do seu monólogo, e ela identifica o texto como uma lembrança detalhada do que aconteceu algumas semanas antes, na casa da mãe. O efeito de bem-estar, porém, tem sido satisfatório, o que é possível observar não só na atividade das áreas cerebrais estimuladas, mas também nos relatos das quatro pacientes. Todas afirmam ter experimentado um prazer contínuo e de alta intensidade. A descrição que a número 4 escreveu foi: "um ronronar elétrico que surge na virilha e se distribui em deliciosos fluxos pelos braços, as pernas e o pescoço". A número 4 não é ignorante como as outras. Parece ter recebido algum tipo de educação.

À tarde, antes da sessão, dou um passeio com ela pelo jardim. Tento lhe arrancar alguma coisa, mas só descubro que não está passando por uma boa fase financeira, que tem muitas dívidas com a mãe e precisa do dinheiro que vamos lhe pagar. Sua verdadeira preocupação, no entanto, parece ser a filha de nove anos. As alusões ao dinheiro e à sua precária vida de mãe solo me parecem tão sórdidas que prefiro não continuar perguntando.

Três horas depois do almoço, as pacientes são transferidas ao quarto para receber a dose do dia. A 1, a 2 e a 3 voltam a adormecer assim que o medicamento faz efeito. A 4 incorre num segundo discurso:

> A camponesa está de joelhos, rezando com fervor. A adoração da pastorinha. Ao lado dela, uma cortesã faz uma reverência oficial diante da Aparição. O urso está prestes a devorar viva a viva imagem da Virgem Maria com seu manto azul. É um urso-de-óculos: *Tremarctos ornatus*. No fim do corredor é possível ouvir as arfadas da empregada e de Sixto. É noite fechada. A luz da geladeira entreaberta ilumina o chão da cozinha. As entranhas da geladeira rangem. Minha mãe está gritando com alguém lá em cima. Vaga-lumes rodopiam no pátio, junto à goiabeira. Faço o sinal da cruz, tenho medo de que me descubram escondida ali, e brinco com os pompons das meias. Todas as minhas meias têm pompons em tons pastel. O piso de cerâmica frio me dá vontade de fazer xixi.
>
> Quando finalmente consigo parar de olhar para aquela ceninha, levanto a cabeça e vejo que lá fora, no pátio, o sol gelatinoso esverdeia a goiabeira. Lá embaixo, a empregada canta uma balada romântica que fala do famoso conflito entre a consciência e o coração.

Os cachorros latem de novo, algo os excita. Olho pela janela e vejo que está tudo calmo. Ao longe brilham as luzes coloridas dos prédios mais altos da cidade, uma coisa de muito mau gosto. Aqui pelo menos dá para ouvir o som do bosque, e a fonte do jardim emite uma cintilância moribunda entre as grandes folhas, lembrando uma enorme dentadura.

3

Mais um passeio pelo jardim com a número 4. Quando a questiono sobre seu último falatório, ela me explica que sua mãe monta "ceninhas" com figuras de porcelana dentro de uma cristaleira. Que tipo de cenas? Não sei, ela diz, depende. Qualquer coisa. Quando eu era criança, ela ficava furiosa se me pegava tocando nas figuras de porcelana. Quero saber se é algum tipo de tradição familiar ou um costume folclórico que não conheço, algo parecido com montar presépios de Natal. Não faço ideia, diz ela, minha mãe faz isso desde sempre, desde que me lembro. E, até onde sabe, ninguém mais da família tinha esse costume. Minha curiosidade ultrapassa o interesse médico, ela acaba percebendo isso e se fecha, não quer mais conversar.

À tarde, na hora da dose, a 1, a 2 e a 3 dormem profundamente (embora às vezes se contorçam de prazer e sua atividade cerebral seja idêntica à associada ao coito). A 4 apresenta um quadro semelhante, mas em nenhum momento adormece e sua produção de discurso não para:

> Quando você me encontrar de novo, estarei com a mesma roupa. Abrir a porta para que se aprecie a imagem eloquente: cento e oitenta e oito máquinas de escrever

amontoadas no fundo de uma sala vazia, atravessada apenas pela sombra fresca e alongada da ralé, num andar vazio de um edifício vazio, de um outrora brilhante e belo edifício racionalista, construído à imagem e semelhança dos outrora reluzentes e belos edifícios racionalistas das cidades racionais. Cento e oitenta e oito máquinas de escrever amontoadas no fundo de uma cidade irracional um dia datilografaram, em cento e oitenta e oito folhas de papel timbrado da Seguros Tequendama, um discurso harmonioso e racional que seria lido com devoção nos escritórios e corredores do Ministério da Destituição: quando você me encontrar de novo, estarei com a mesma roupa e não serei milhões, serei o exemplo único, de molde perdido, o exemplo inimitável, e ouçam-me com atenção, compatriotas de papel: o personagem mais surpreendente que não havia aparecido em nenhuma farsa antiga é esse anônimo, esse Ninguém que não tem figura corpórea, nem alma, nem realidade alguma, espeta Laureano Gaitán-Gaitán com a mesma roupa, nem mesmo uma mísera máscara, aquela entidade fantástica que agora se esconde debaixo de um sofá, sob o corpo de um policial envenenado, sob toda a poesia militar camuflada, sobre uma montanha de penas de urubu, para servir de testemunha numa anedota inventada por um comunicado de rádio transmitido da selva, agora fala ao telefone, um telefone de coco, para dar origem à brilhante concepção da UPN, da OMD, da RRP, da TRS e de outras siglas secretas, ou leva as vestes de animais sacerdotais para ir, à noite, à casa da dor ameaçá-la com uma chantagem ou em outra ocasião assina telegramas imaginários de carne seca de macaco, espeta Laureano, que permitam antecipar respostas a acusações que não foram feitas, ou por fim é o engenheiro que assopra no ouvido da cordilheira as acusações técnicas e econômicas do frio, contra a gestão administrativa de um malfadado ministro da Restituição dos Destituídos, embora sem Título de Expropriação Revitimizadora, espeta Gaitán, o que Gaitán confirma depois. Contudo, tanto tempo havia passado depois disso que todas as máquinas de escrever tinham parado à beira do racionalismo e milagrosamente todos aqueles edifícios prodigiosos de uma época perdida seguiam de pé, mesmo que agora nenhuma luz saísse de nenhuma das quase mil e tantas janelas racionais, exceto de duas ou três janelas menos racionais que às vezes se iluminavam e era assim que alguém, digamos eu, de um edifício irracional próximo, podia ver os vidros quebrados, os velhos móveis de escritório e a montanha de cento e oitenta e oito máquinas de escrever datilografando sob a luz amarela das lâmpadas ministeriais sem qualquer intervenção aparente dos dedos não corrompidos, ocupados com sensíveis tarefas de secretariado e em alimentar os dentes com uma ou outra unha que tinha uma das siglas secretas pintada com esmalte verde.

Depois da sessão do dia, quando todas as voluntárias estão descansando e me preparo para fazer minhas anotações, recebo uma ligação da clínica. Minha mulher foi internada com uma taquicardia muito forte, me dizem. É a segunda vez neste mês.

4

Por sorte, quem atende minha mulher é um velho colega de faculdade, um cara discreto. Deve ter consumido uma quantidade imensa de cocaína, me explica o homem com um tom calmo, sem qualquer sinal de condenação moral. Isso me faz pensar na excelência da nossa educação, no profissionalismo que nos incutiram na universidade, a mesma atitude que nos impediu de estreitar qualquer vínculo de amizade com os colegas. O único traço de humanidade que se vislumbra no fundo das suas palavras é uma tênue expressão de triunfo. Ele se sente satisfeito depois de ter eliminado um antigo concorrente. Eu lhe concedo a vitória em troca de discrição. Ele aceita a troca e, agradecido, me leva até o quarto da minha mulher, permitindo-se inclusive segurar meu cotovelo enquanto avançamos pelo corredor. Minha mulher está dormindo sob o efeito de calmantes. É o que explica meu colega, que se revelou um péssimo vencedor. Não vai demorar muito para acordar, ele diz antes de nos deixar sozinhos.

Observo minha mulher dormindo. Fico entediado e não consigo parar de pensar nas coisas que a número 4 diz quando está drogada. E esse último discurso? Será que também foi inspirado nas ceninhas da mãe dela?

Minha mulher começa a acordar. Sorri. Mas a doçura do sorriso logo se torna amarga em sua boca. Tenho que ir trabalhar, ela diz, me leve pro estúdio.

Ela põe seu vestido cinza, que fica muito bem com aqueles sapatos pretos e a bolsa vermelho-fosca. Penteia o cabelo escuríssimo, brilhante como a asa de um corvo. Em pouco tempo, a elegância da minha mulher passa a reluzir no meio daquele lugar, que, graças a ela, parece menos sórdido. A cintilância amarela da iluminação pública e pedaços de noite morta entram sorrateiros pela janela.

Depois de assinar alguns papéis e suportar o último olhar triunfante do meu colega, fugimos da clínica o mais rápido possível.

Assim que entramos no carro, nenhum de nós diz nada. Minha mulher está nervosa porque dentro de algumas semanas vai inaugurar uma exposição com material novo. Não expõe na cidade há vários anos, está sob muita pressão, o que, suponho, a exime das minhas recomendações ou repreensões.

De repente, ela observa com interesse uma sequência de grandes murais com grafites. Que coisa mais nojenta, ela comenta mais para si mesma do que para mim, deveriam apagar tudo isso. Para ser sincero, não tenho opinião sobre o assunto, mas, como ela é autoridade em matéria de estética, concordo e corroboro: deveriam deixar as paredes como estavam, limpas, sem essas palhaçadas. Muitos dos murais trazem mensagens políticas, cifras de mortos e desaparecidos. Justiça para Gaitán, diz um deles, as cores berrantes sob a luz amarela de um poste. Me pergunto o que a número 4 está fazendo agora.

5

Recebemos a visita dos gestores, que entram em meu consultório feito um raio, as duas loções raivosamente masculinas numa luta pela supremacia dentro do ambiente fechado. São irmãos gêmeos que fizeram todo o possível para não se parecerem um ao outro, com relativo sucesso. Estão acompanhados por um homem careca e muito elegante. É o arquiteto que projetou o edifício. Há alguns anos, depois de ver a espetacular ampliação de um famoso museu assinado pelo careca, os gestores o contrataram para que se encarregasse do projeto do nosso laboratório, uma tarefa bastante particular, já que as modernas instalações tiveram de ser adaptadas de modo funcional à estrutura de uma antiga fazenda colonial, adquirida pelos gestores num vantajoso negócio com os proprietários históricos, uma família decadente, ansiosa por vender a propriedade a preço de banana.

Não sou a pessoa mais competente para julgar o trabalho do careca, mas como usuário do laboratório posso afirmar que me sinto à vontade e protegido. Tudo ao nosso redor parece formar uma espécie de grande envoltório amigável. A recepção, os consultórios, a sala de reuniões e os quartos (onde as voluntárias ficam) estão localizados no que antes era a fazenda.

Nesses ambientes, o careca conseguiu adaptar o mobiliário moderno à elegância formal, à sobriedade das paredes de adobe e às linhas retas típicas da construção colonial, permitindo que os jardins exteriores se insinuem ou se integrem diretamente nos espaços graças à utilização de janelas inseridas em diferentes ângulos e tamanhos. Enquanto isso, através de uma engenhosa combinação de corredores e portas de correr, os espaços da fazenda se comunicam perfeitamente com as dependências do laboratório, onde as paredes caiadas vão dando lugar a uma paleta mais metálica e a materiais mais industriais, ferro, alumínio e vidro, além do conjunto mais escultórico de chaminés e depósitos de armazenamento em concreto, fibra de carbono e madeira. O resultado final é uma espécie de grande montagem que permite que, abrindo apenas uma porta, se passe da imponente austeridade do casarão de campo a um salão industrial que de certa forma lembra uma toca gigantesca.

Um dos gestores, o que tem veleidades intelectuais, descobriu há poucos meses que a fazenda é mencionada em vários trechos de um livro escrito por um obscuro autor de obras de costumes do século XIX. Agora ele enfiou na cabeça que gostaria de dedicar um cômodo ao passado feudal da propriedade, com citações do livro escritas em letras prateadas gravadas na parede e móveis antigos. Por isso chamaram mais uma vez o careca, que não parece muito entusiasmado com a ideia, algo que ele mesmo me diz quando os gestores vão embora e nos deixam sozinhos no consultório. Inventam cada bobagem, comenta ele em voz baixa. O careca costuma comprar as obras da minha mulher há vários anos, então, com a justificativa da nova exposição, fica conversando comigo. Estou ansioso para ver o novo material, diz o careca, sabe se serão pinturas ou esculturas? Não faço a menor ideia, respondo, ela nem me deixa entrar no estúdio. Sem disfarçar sua decepção — é claro que esperava obter informações valiosas —, o careca se levanta da cadeira e aperta minha mão. Imagino que nos veremos na abertura, diz ele.

6

Emergência médica durante a sessão de hoje. A número 2 sofreu uma crise epiléptica, apesar de não haver, em seu histórico médico, registros de que sofresse de uma doença do tipo. Foi necessária a intervenção de duas enfermeiras para conter os tremores do corpo dela. Depois, com a ajuda de calmantes, foi possível induzi-la ao sono de novo. Tudo indica que se trata de um efeito colateral do medicamento.

Espero quase três horas até que ela acorde e entro em seu quarto. Sento-me na beira da cama. A número 2 está deitada de costas, com as mãos entrelaçadas sobre o peito, parecendo uma múmia. É a primeira vez que observo seu rosto, marcado sabe-se lá por quantas operações estéticas malfeitas, os lábios parecendo salsichas, o narizinho de porco, as camadas de maquiagem que parecem ter sido aplicadas com espátula. Há tanto movimento ali, tantas ondulações, que por alguns segundos, no meio da penumbra do cômodo, tenho a impressão de que as bordas do seu rosto estão derretendo como velas coloridas. As feições são puro excesso, desperdício de intenções, gasto estúpido, enfeite descontrolado. Há momentos em que determinado efeito da iluminação dá uma velocidade repentina ao conjunto: é como ver dois pássaros da selva acasalando dentro de uma gaiola. Ela, no entanto, parece muito orgulhosa da sua aparência, flerta com a equipe (masculina e feminina) e se comporta como se estivesse nos fazendo um grande favor por estar ali. Você teve um colapso nervoso, digo a ela. A número 2 se levanta e adota uma postura forçada, tentando apoiar o peso do corpo num só cotovelo. A camisola hospitalar a cobre quase até o pescoço, mas isso não impede que seu busto, enorme, fique marcado, empurrando o tecido por trás. De qualquer forma, não se preocupe, digo para encerrar. É melhor descansar. E toco sua testa com a palma da mão, aplicando uma leve pressão para que ela volte a se recostar confortavelmente. Ela olha para mim com os olhos lacrimejantes, por trás das lentes de contato verde-esmeralda. Descanse, repito. O olhar verde persiste. O senhor é muito bom pra nós, doutor, ela diz. Mal consigo sorrir, desconcertado.

7

Fizemos alguns ajustes na fórmula. Ninguém quer uma droga recreativa que simplesmente dê sono. Os resultados não demoraram a chegar. Na sessão de hoje as quatro mulheres ficaram acordadas, plenamente conscientes, com elevados níveis de euforia e lubricidade. A número 3 passou uma hora inteira eufórica e dizendo obscenidades. Isso já parece com o que procurávamos desde o início, quando começamos os testes.

Há alguns anos foram descobertas por acidente as propriedades psicoativas de uma flor do gênero *Datura*, comumente utilizada por camponesas das cordilheiras para produzir sabonetes artesanais. Um funcionário do laboratório que estava de férias na região observou que em algumas épocas do ano as lavadeiras desses povoados entravam numa espécie de êxtase coletivo quando desciam ao rio para fazer seu trabalho (supomos que elas absorviam a substância de modo involuntário por via cutânea). Os gestores e eu decidimos imediatamente enviar para lá uma equipe de estagiários, que voltaram ao laboratório com amostras dos sabonetes e das diferentes flores utilizadas em sua fabricação. Depois de alguns meses, já havíamos conseguido sintetizar o princípio ativo.

O que mais nos chamou a atenção é que a droga é quase ineficaz nos homens (tudo indica que a testosterona neutraliza seus efeitos), de modo que é uma droga exclusiva para mulheres. Alguns assessores nos aconselharam a abandonar o projeto por considerarem que essa limitação levaria a um fracasso comercial. No fim, depois de muito pensar, percebemos que o produto tem um mercado potencialmente massivo, em especial porque os baixos custos de produção nos permitiriam inseri-lo em vários segmentos populacionais, sem distinção de classe.

8

Tirar os ídolos e pôr as imagens. Tirar os ídolos e pôr as imagens. A desforra dos ídolos. A Grande Desforra. O desmembramento das imagens pelas mãos do ídolo encarnado. A ocultação imaginária das imagens dos ídolos. Um ídolo dentro de uma imagem dentro de um ídolo dentro de uma imagem. Uma menina de seis anos, digamos, atravessadora clandestina de portas que levam a zonas proibidas. Tudo em ruínas, rachaduras nas paredes, pisos ondulados em função do terremoto do ano anterior. Acima, ao lado do órgão amassado, as imagens. Criaturas extraordinariamente fixas. Pedaços de madeira do tamanho de adultos, a beatitude corroída nos gestos duros, o olhar perdido e lascivo daqueles homens mutilados que emergem das ruínas para nos pedir moedas. Tirar e desforrar para pôr de volta uma desimagem. A mortalha, um pedacinho de osso, outro de madeira, um olho de vidro para não ver. Cancelar e conservar no mesmo movimento do espírito para, por fim, ver aparecer uma imagem de madeira, a imagem de são Nicéforo, e descobrir, aterrorizada, que em seu tórax viviam uns bichinhos. Estar ali, querer ser descoberta e finalmente não ser descoberta. A descoberta é impossível.

> Pode-se levantar o véu e destruir o rosto. Tirar os rostos e pôr as cabeças. A desforra das cabeças. As mil cabeças da desimagem que se cancela. Um homem despertador que se dedicava a acordar as pessoas batendo com um pau nas janelas dos vizinhos. A era dos sonhos interrompidos pelo trabalho, rezar diante das imagens para que os dias do salário voltem. Crianças brincando com os restos de uma bomba. Um corvo agarra a ponta do lençol com o bico para cobrir uma criança adormecida. O mapa de Londres na luva de uma mulher. Tirar os salários e pôr as imagens.

Agora já é noite, os cachorros latem, olho pela janela e lá embaixo, ao pé da fonte de pedra amarelada, vejo a número 4. Resolvo descer para encontrá-la.

Para anunciar minha chegada, vou estalando as folhas secas do jardim com meus passos. A número 4 sorri ao me ver aparecer por trás de um grande galho de sumaúma. Pego-a pelo braço enquanto passeamos, e ela cede dócil à ideia de caminhar comigo pela escuridão, sob as grandes árvores. Pergunto se ela já presenciou um terremoto. Por que a pergunta?, diz, franzindo a testa. Por algo que você disse na sessão de hoje. Sim, responde ela, quando era criança, numa cidade do interior, uma cidade colonial cheia de igrejas que desmoronaram e ficaram abandonadas durante décadas. Morei lá com meus pais numa casa muito parecida com esta, comenta, apontando para a fachada da fazenda. Caminhamos por alguns instantes sem dizer nada. Você gosta de igrejas coloniais?, ela me pergunta de repente, talvez incomodada com tanto silêncio. Não, respondo, na verdade não. Ela faz uma cara de surpresa. É impossível que você não goste das igrejas coloniais, ela diz, são tão bonitas. Explico que não suporto os afetamentos e as molduras e aquele estilo tão pesado, muito menos as imagens de arcanjos e santos. Me dão medo, digo a ela, principalmente porque era o tipo de coisa que os traficantes de drogas dos anos 80 gostavam. Ela solta uma gargalhada. Comprovo que não é uma mulher ingênua. O riso inteligente das mulheres tem uma música particular, uma dispersão cristalina de notas muito bem estruturada. O som é completamente diferente do riso das mulheres de enfeite que só riem para agradar aos homens. Se dependesse de mim, digo a ela, só para que não deixe de rir, se dependesse de mim, mandaria demolir todas as igrejas, queimar todos os santos. Sua risada escorre nervosa pelos canais vazios deixados pelo denso entrelaçamento de galhos. Os cães latem.

9

Anamorfose, ouço minha mulher dizer ao longe.

Pode ser que as palavras da número 4 durante os testes tenham funcionado como uma variante da anamorfose, a arte de fazer uma imagem parecer quase irreconhecível recorrendo a uma distorção calculada de perspectiva. Ou melhor: e se tudo que aparece fantasticamente deformado em seus discursos pudesse ser lido nas proporções corretas por meio de um dispositivo, como aqueles cilindros refletores que eram colocados no centro das mesas para que os desenhos alongados e planos pintados na superfície circular fossem vistos com "normalidade" no reflexo? Também é bastante possível que, como acontece com a anamorfose, uma vez traduzidas à sua aparência normal, as palavras dissessem muito menos do que sugerem em seu estado deformado. O mais relevante na anamorfose é a distorção em si, não a forma oculta. Como minha mulher gosta de repetir, talvez seja preciso renunciar a qualquer desejo de interpretação.

É preciso renunciar a todo desejo de interpretação, minha mulher responde a um jovenzinho muito bonito e barbudo, o jornalista que a entrevista. Estou sentado num sofá do outro lado da sala, com uma xícara de chá verde fumegante nas mãos, seguindo o curso previsível das respostas como quem escuta uma melodia gasta. Chove lá fora, a vista panorâmica da cidade jorra na janela. O crucial aqui é reparar na fragilidade, na quase inexistência, uma subvida, poderíamos dizer, da materialidade (ao longo dessa frase, minha mulher passa várias vezes o dorso da mão no nariz). E digo materialidade porque quero questionar a própria noção de obra. Não existem obras. Apenas uma matéria sutil impregnada de materialidade, ou seja, de movimento, a partir de um gesto elementar esvaziado de qualquer significado — às vezes, inclusive, uma peça se confunde com a seguinte. O rapaz barbudo não esconde a admiração que minha mulher desperta nele, cruza e descruza as pernas, sorri com olhos que brilham. Me dê mais, parece dizer. E ela o satisfaz: quando o gesto fica nu, despojado de qualquer excesso de sentido ou de intencionalidade, aparece algo que só posso chamar de *graça*. O jornalista tenta ficar à altura, mas dentro da sua cabeça de jornalista só há um monte de serragem e bolinhas de papel-jornal: um silêncio quase oriental emana das suas peças, ele diz e faz uma cara de satisfação, como se tivesse acabado de soltar uma genialidade. Silêncio!, repete minha mulher, silêncio, claro! Chega de conversa-fiada! Porque foi isto que a arte deste país se tornou: pura conversa-fiada política, puro oportunismo e pornomiséria. E diante de tamanha hipertrofia da política, me pergunto: para onde vão a profundidade, a qualidade, as intimidades, não só da disciplina, mas da vida? Voltando à questão da graça: para mim, trata-se de recuperar o significado místico que essa palavra tinha. Pela graça do espírito, por assim dizer, e depois, claro, é preciso destacar o que é menor, o trivial, os detritos, num exercício de gratidão e humildade perante a graça. É uma inação, uma recusa em fazer. Uma agulha, um fio, um retalho de uma só cor. O cinza!, exclama o jornalista, há muito cinza! É verdade, diz minha mulher, subitamente desanimada, toda a sua libido esvaziada pela estupidez do rapaz. É verdade, há muitos tons de cinza nessa última série, murmura e dá por encerrada a entrevista.

Enquanto ela acompanha o jornalista até a porta, fico apalermado vendo a chuva cair pela janela. Minha mulher volta e se senta na poltrona ao meu lado. Gostaria de te contar sobre uma pessoa que conheci no laboratório, digo. Ela me olha intrigada.

10

A melhor maquiagem é a que não se nota, diz a número 1, uma mulher treinada para ser patologicamente discreta.

Não diga bobagem, responde a 2, a gente só se maquia para ser notada.

Existe um meio-termo, diz a 3.

A número 4 nem opina porque não usa maquiagem. Ou talvez se maquie tão bem que não se nota.

Acho uma vulgaridade andar por aí toda pintada feito uma puta, insiste a 1.

Afe, não seja puritana, diz a 2, todo mundo sabe que a gente fica mais bonita com uma corzinha. É um jeito de destacar o que é bom e disfarçar o que é ruim.

É verdade, diz a 3, mas quando a gente usa muito blush fica parecendo uma palhaça. Ou pior, um travesti.

Então a número 2 me olha com seu melhor biquinho: e como o senhor prefere a gente, doutor, com maquiagem ou sem maquiagem?

Não cogito responder à pergunta. A número 4 não consegue se conter e solta uma das suas lindas gargalhadas (o som de vidro se quebrando gruda na boca do meu estômago). A única coisa que posso fazer é olhar para a número 2 com um ar severo de reprovação, obrigando-a a baixar a vista, coisa que ela não faz ou não sabe fazer. Pelo contrário, faz um gesto desafiador e ao mesmo tempo sedutor, e só me resta me perder nas dobras grotescas daquele rosto mal operado, nas camadas e mais camadas de maquiagem que vão se afundando para dentro como num horrendo jogo de espelhos.

Não tenho nada contra maquiagem, digo por fim, quase asfixiado depois de sair da gruta. Nenhuma delas parece satisfeita com minha resposta, mas pelo menos consigo que parem de olhar para mim e voltem a se concentrar no programa de televisão. Hoje elas têm o dia de folga, sem doses.

11

Uma balada romântica sobre o famoso conflito bipartidário entre fé e razão toca na rádio da empregada. Coração de papel, o médico, quebra a casca do seu ovo incubado por uma galinha preta ao longo de sessenta e sete anos. Quebra a casca com a ponta metálica do guarda-chuva. Nasce com a mesma roupa da última vez, um terno preto de risca de giz, chapéu *cachaco* de feltro preto e, contra todos os prognósticos, reclama do clima: odeia a neblina dos cerros, a chuva fina e vaporosa, o frio que umedece os ossos. Que queimem esta Soria e seus arranha-céus! Música, cacete! *Ayombeee!* O Ministério da Tropicalização emite um comunicado musical com palmeiras e cocos, mas é inútil. O resfriado de uma disputa teológica que resultou em diversas decapitações de apóstatas, um acerto de contas, segundo as autoridades, esse resfriado percorre a voz do médico, que, recém-saído do ovo, clama aos quatro ventos em nome de todas as Espanhas pela entronização gramatical das cabeças sem rosto. Não é assim que se diz, não é assim que se escreve, não é assim que se pensa, cale a boca, diz o comunicado. Pra que cérebro com uma bunda dessas, minha linda. Então aprovam a lei que permite que as galinhas pretas ponham ovos em todas as esquinas. A cidade fica cheia de médicos. Sua assinatura não significa nada, mas assine aqui. Que queime! Que os animais desçam do cerro e assumam o comando do Palácio do Colesterol! Mas não adianta, a balada romântica repete os nomes queridos do médico. A faxineira desliga o rádio porque não tem mais nada para limpar. Está tudo limpo. E alguém, quer dizer, eu, estou com a calcinha encharcada, me mijei. Vamos ouvir essa música mais uma vez. Mas a faxineira sem rosto não tem mais nada para limpar, está tudo limpo, muito limpo.

Um dos motivos pelos quais prefiro ficar até tarde no laboratório é que nesse horário o trânsito fica muito mais tranquilo e posso voltar para casa pelas avenidas vazias. A noite está úmida. Na última semana choveu uma loucura. Meus pés estão gelados.

Apesar das estatísticas e dos perigos inegáveis da cidade, nunca fui vítima de um ato de violência. Nunca fui roubado nem tive uma arma apontada para mim, nada. Talvez seja por isso que não sinto nenhuma sensação de ameaça quando passo de carro por essas ruas. Alguns motoristas ultrapassam o sinal vermelho porque têm medo de parar nas esquinas. De alguma forma, e não sem experimentar um intenso prazer cheio de culpa, encontro certa beleza em toda essa confusão de coisas definitivamente feias, na quietude e na iluminação tênue que incide sobre a geometria corroída das fachadas, inclusive nas pessoas que se atrevem a caminhar por aqui a esta hora, com as mãos nos bolsos e a cabeça baixa. Há uma fixidez extraordinária em tudo isso. A número 4 diria algo assim. Romantismo, diria minha mulher, o consolo das cidades feias.

Quando chego ao apartamento, descubro que há uma pequena reunião. A mesa de centro da sala está coberta de grossas carreiras de cocaína. A música a todo vapor. Galeristas, críticos, artistas, diretores de museus, curadores, o que minha mulher chama de pessoal do setor. A festa vai até as quatro da madrugada. Acho que não vou ao laboratório amanhã.

12

Dia de ressaca descomunal na cama, dor de cabeça, enjoo, vontade de morrer, baixa autoestima, maus presságios inexplicáveis. A vida está sorrindo para você, me repito, mas sei que é inútil, fecho os olhos e minha cabeça se enche de imagens ruins: agouro, auspício, barata, rato, os gerentes, Laureano Gaitán-Gaitán, o palácio do colesterol, um *tamal*-bomba, tenho de separar o que é comestível dos pedaços de estilhaços, pregos, parafusos, porcas, vidro, o *tamal* explode ao pé das estátuas, tirar os ídolos e pôr as imagens. Essa frase não era de Hernán Cortés?

Minha mulher se levantou cedo porque precisava terminar de montar a exposição na galeria. A abertura é daqui a dois dias. Chafurdo na autocompaixão dos lençóis pegajosos e durmo mal e pingado.

Ao meio-dia me levanto, tomo banho, faço a barba. Confirmo no Google que a frase é de Hernán Cortés. Tomo um farto café da manhã e, enquanto procuro algo para ler dentre os muitos livros da minha mulher, me lembro de uma frase que meu pai dizia para reprovar minha preguiça: você toma café da manhã e fica desocupado. Sempre fui um folgado, desde criança, e nada, nem mesmo uma rígida educação, conseguiu me incutir qualquer sentimento de culpa pela preguiça. Sou impunemente folgado. E acho que, ao contrário do que meu pai pensava, meu estilo de vida se ajusta muito bem aos modos de produção do nosso tempo. É possível que até minha ressaca seja um mecanismo que me desvia de colaborar com o sistema. Alguém deve estar enchendo os bolsos às custas do meu desconforto neste momento, sabe-se lá como. Hoje em dia ninguém sabe realmente como o dinheiro é criado. Minha mulher fala disso com muita clareza: é preciso se negar a fazer, viver na poética da inação. E assim os milhões caem no seu colo.

Tento ler um romance e não consigo passar das primeiras linhas. Deitado no sofá, adormeço. Sonho com as mulheres do laboratório, um sonho do qual me esqueço ao acordar, quando a tarde começa a cair.

13

Número 1

Idade: 31

Você costuma consumir drogas?
SIM ☒ NÃO ☐

Que substâncias costuma consumir?
Valium, Xanax

Em comparação com outras drogas, em que nível você situaria nosso produto?
SUPERIOR ☐ IGUAL ☐ INFERIOR ☐
OUTROS: *Muito superior*

Você estaria disposto a pagar para repetir regularmente a experiência com nosso produto?
SIM ☒ NÃO ☐

Breve descrição dos efeitos:
Me sinto mais solta e mais à vontade com outras pessoas.

Quando eu tomo, me dá segurança e meio que me concentro, sinto que falo melhor, com mais clareza, me faço entender. E acho tudo mais bonito. A vida fica mais linda.

Número 2

Idade: 28

Você costuma consumir drogas?
SIM ☒ NÃO ☐

Que substâncias costuma consumir?
Coqaina, macoinha, keta, pasta, ispid, doce

Em comparação com outras drogas, em que nível você situaria nosso produto?
SUPERIOR ☐ IGUAL ☐ INFERIOR ☐
OUTROS: ________________

Você estaria disposto a pagar para repetir regularmente a experiência com nosso produto?
SIM ☒ NÃO ☐

Breve descrição dos efeitos:
Num sei bem, saboroso, delícia, meio que vc ganha asas e fica arrepiada. Meio que fica mais puta, meio que te dá um calorzinho bem massa lá embaixo.

Número 3

Idade: 34

Você costuma consumir drogas?
SIM ☐ NÃO ☒

Que substâncias costuma consumir?
Bem de vez em quando dou um teco ou fumo um baseado.

Em comparação com outras drogas, em que nível você situaria nosso produto?
SUPERIOR ☐ IGUAL ☒ INFERIOR ☐
OUTROS: ______________

Você estaria disposto a pagar para repetir regularmente a experiência com nosso produto?
SIM ☐ NÃO ☒ *Só se me derem*

Breve descrição dos efeitos:
Legal, dá um soninho bem bom, vontade de fazer coisa íntima, você sonha uns sonhos tipo desenhinhos coloridos. Saem umas formas de triângulo, de círculo, de espiral. Você tem visões e lembranças bonitas.

Número 4

Idade: 27

Você costuma consumir drogas?
SIM ☐ NÃO ☒

Que substâncias costuma consumir?
Nenhuma. Mas já provei várias, as comuns.

Em comparação com outras drogas, em que nível você situaria nosso produto?
SUPERIOR ☒ IGUAL ☐ INFERIOR ☐
OUTROS: _______________

Você estaria disposto a pagar para repetir regularmente a experiência com nosso produto?
SIM ☒ NÃO ☐

Breve descrição dos efeitos:
Se você está triste, te deixa feliz. Se está muito eufórico, te acalma; se precisa de energia, ela te dá. É uma droga perigosa porque dá o que você precisa, sempre, uma droga inteligente que supre as necessidades, satisfaz os desejos. Pode deixar qualquer um feliz. E não provoca nenhum efeito colateral nem dor de cabeça, nada.

14

Jantar no apartamento dos gestores para comemorar o lançamento do novo produto. Estamos acompanhados por alguns novos investidores, dois pirralhos intragáveis. A conversa é insuportável. Procuro não me deixar afetar pela frivolidade, mas a frivolidade sempre é mais forte do que a moderação, em especial se você é uma pessoa atenta aos detalhes. Outra das tristes heranças do barroco dos narcos foi a propensão à hipérbole, aos gestos enfáticos, aos marcadores de poder com letreiros em neon e música integrada. E o comportamento dessas pessoas é uma estranha forçação nesse jogo de ostentações: sua atitude esconde o mau gosto narco sob um manto minimalista, o design como uma pele falsa do velho animal barroco, a exuberância da catedral enfiada num cubo de painéis monocromáticos.

A violência que se faz sentir à mesa é produto desse exercício de repressão posterior. Para o olfato de um cachorro, estaria ocorrendo aqui uma guerra química entre as loções e os fluidos corporais. Fico me perguntando, então, se meu próprio gosto não seria uma forma superior de repressão, como uma camada de design por cima da camada de design em que esses quatro idiotas ficam cheirando o cu uns dos outros.

Um ambiente denso que só consigo suportar graças ao meu longo treino baseado em sorrisos automáticos e aforismos.

O outro motivo de comemoração é que os gestores, valendo-se da sua grande influência no congresso da república, conseguiram derrubar um projeto de lei que buscava regulamentar a venda de drogas pesadas, um passo prévio à legalização total. Eles propõem um brinde em homenagem ao golpe baixo certeiro. E brindamos, claro, porque isso nos garante a continuidade dos dividendos do negócio e a possibilidade de dilatar a temida reestruturação que seria exigida por um cenário onde o consumo e o tráfico fossem completamente legais.

Fico me perguntando se num cenário desses meu trabalho deixaria de ser considerado uma aberração. Talvez minha mulher e eu ocupássemos o mesmo nicho ecológico, algo como criadores de estados de ânimo artificiais. Talvez, por direito, eu mereça o título de artista, tanto quanto ela.

Um dos gestores, o que não tem veleidades intelectuais, está ansioso para contar os detalhes escabrosos da negociação com os parlamentares. O outro lhe dá um cutucão com o cotovelo e propõe um novo brinde. Em homenagem ao novo produto, que, aliás, diz ele, ainda não batizamos. Alguma sugestão? Os novos investidores propõem nomes com ressonâncias angelicais e celestiais (por algum lado aquilo que se reprime acaba extravasando). Detesto dar nomes às minhas criaturas, por isso me limito a aplaudir todas as iniciativas.

15

Hoje mostrei as transcrições para minha mulher, e ela comentou de forma evasiva, sem meias-palavras, que aquilo tinha alguma graça. Achei curioso que ela tivesse usado justo essa palavra e lhe disse, não sem mencionar o que ela mesma havia dito poucos dias antes sobre a mística da graça, o reflexo esbelto que surge da renúncia aos maneirismos da consciência. Minha mulher disse que eu dava muita importância às palavras e que não deveria levar a sério suas divagações. Principalmente, ela disse, porque não importa o significado do que vem à sua mente. Só vou encadeando ideias, como quem coloca miçangas coloridas num fio, disse ela, seguindo apenas um critério intuitivo, como num jogo infantil de combinações. Essa é a graça, ela disse. Como a graça das marionetes, que não precisam de força de vontade para se mover segundo a geometria mais básica. O significado das coisas é um acidente, um resíduo. A única coisa que realmente importa é a geometria. O círculo, o quadrado, o triângulo, a linha e o ponto. Não há mais mistério.

Ok, penso agora, debruçado sobre a janela enquanto os cachorros latem, mas isso não significa que a número 4 não seja, de certa forma, como uma marionete. Imbuída de graça.

Duas voluntárias estão se beijando junto à fonte de pedra. Acho que a número 1 e a número 2.

16

Minha mãe nua sobre a colcha, lendo uma revista sob a luz de um abajur. Linda como uma boneca. É hora do tratamento, filha, não seja malvada, me passe o creminho. Pego o tubo de creme errado, um tubo que contém uma substância apagadora, unto as mãos e elas começam a se apagar. Minha mãe está de olhos fechados e não se dá conta de que, com minhas mãos, vou borrando-a completamente, minhas mãos passam por cima da pele das coxas e as coxas se apagam. Na verdade não, não se apagam, se borram. Agora vem a parte mais difícil, borrar a cara dela. Começo apoiando o que resta dos meus polegares em suas sobrancelhas e faço um movimento circular e profundo que vai se ampliando e ampliando por todo o rosto. Um instante depois, só resta a boca intacta rodeada por uma mancha onde é possível ver os traços dos meus dedos. A boca se abre para tomar ar, prefiro não tocar nela. Continuo a borrar o resto do corpo. Tento me apressar para que minha mãe não perceba o que estou fazendo. Logo resta apenas uma grande mancha de cores opacas na cama e uma boca entreaberta, os dentes falsos.

A menina entra no cômodo e vê a avó besuntada na colcha, mas isso não parece impressioná-la. A boca fala: não pare, que delícia, está ótimo, passe mais creme em mim, não seja malvada. A menina e eu rimos baixinho. Minhas mãos também são duas manchas, dói um pouco, mas estou feliz demais para reclamar. Só pra garantir, não me toque, eu digo à menina. Deixamos a boca lá falando sozinha (ai, que delícia, que delícia...) e vamos ver as porcelanas nas cristaleiras. A menina quer saber se pode tocá-las. Claro, eu digo, faça o que quiser. Agora são suas.

O marido da minha mãe, no fundo da casa, assobia a música que toca no rádio da empregada. Aquela velha canção que fala do famoso conflito entre consciência e razão.

Ao anoitecer, passeio pelo jardim. Passo o círculo de árvores que circunda a fonte. Através de um caminho de cascalho preto, me enfio num prado, com canteiros de flores dos dois lados, até chegar ao bosque de pinheiros. Faz várias semanas que não venho aqui. É um local muito agradável, propício para descansar. Em meio à escuridão e ao cheiro concentrado de resina, ouve-se o zumbido das cercas elétricas que dominam o outro lado do bosque. Sento-me no chão, apoiado num tronco, e penso na graça. Uma geometria básica por trás da afetação das nossas ações, por trás da vontade que põe tudo a perder. Todo o resto sobra. É assim que minha mulher pensa. E eu, o que penso? Sempre pensei que minha mulher está certa quando fala em termos pomposos. Mas ela mesma admite que só junta noções muito simples, como se enfiasse miçangas coloridas num fio. Ela não pensa como um cientista, mas como um teólogo. Há alguns meses fomos passear no campo, na fazenda de um colega dela. Durante as caminhadas que fazíamos pelos bosques, ela e seu amigo não se cansavam de elogiar a natureza como um mundo organizado e perfeito, comentários simplesmente idiotas, ditados por um ambientalismo frouxo. Num desses dias resolvi lhes explicar que a ideia dos ecossistemas como organismos mecânicos, em equilíbrio com o cosmos, havia caído em desuso e que na história do planeta tínhamos sofrido catástrofes ecológicas muito piores do que a atual, provocada por nós, simples agentes geológicos como as bactérias ou o vento, e apesar disso a vida sempre conseguira prosperar. Na verdade, eu disse a eles, se não fosse por algumas dessas catástrofes, nossa espécie não existiria, nem as belas-artes. Minha mulher e o amigo ficaram tão bravos que não voltamos a tocar no assunto.

Gosto do trabalho da minha mulher, acho até que compartilho genuinamente das suas intuições sobre as formas simples, e esse é um dos motivos pelos quais vivemos juntos, mas sua ideia de graça desmorona com a noção de que a história do planeta é uma grande catástrofe, uma catástrofe incomensurável. A ideia de que existem coisas essenciais e outras que sobram também desmorona. Não sobra nada, na verdade. Não há nada estritamente decorativo ou supérfluo. Tudo serve para alguma coisa, na medida em que nada serve para nada. E na natureza ninguém sabe para quem trabalha, como diz o ditado. Eu, por exemplo, não sei quem manda aqui nessa empresa. Às vezes, sinto que sou meu próprio chefe. Às vezes, sinto que os gestores querem que eu acredite que sou meu próprio chefe, com minhas próprias regras e horários. Às vezes, tenho a impressão de que eles também não sabem nada. E que o trabalho consiste justamente em fingir que todos fazemos nossa parte.

Eu me levanto e decido voltar ao laboratório por outro caminho. Um dos lados do bosque culmina no caminho principal, por onde os carros entram. Ali, junto à enorme grade da entrada, está a casinha dos cachorros, que hoje parecem muito calmos, deitados no chão. Eu me agacho para acariciá-los e eles rosnam hesitantes, segurando-se para não me atacar. Aos poucos, eles relaxam. São dois rottweilers que até pouco tempo atrás eram filhotinhos brincalhões. Receberam adestramento especial e seu comportamento em relação às pessoas é ambíguo. Foram educados para serem máquinas solitárias. Mas algo dentro deles, mal reprimido, lembra o contato afetuoso, as carícias e a brincadeira.

Nesse momento aparece a número 4, como se tivesse saído da própria sombra. Eu me levanto de um salto. Desculpe se te assustei, ela diz, e me pede outra dose. Faz uma cara de quem realmente precisa. Eu olho para ela com uma expressão séria, sem saber o que fazer. Por fim, resolvo perguntar se ela gostaria de ir à exposição.

17

Enquanto a número 4 experimenta os vestidos que eu lhe trouxe esta manhã, pergunto que tipo de educação recebeu. Ela responde por trás de um biombo que não conseguiu terminar a faculdade. Eu a ouço sentado numa cadeira de madeira, junto à janela do seu quarto pela qual se avista o jardim. Tive que abandonar o curso quando engravidei, diz ela. Eu morava sozinha com minha mãe. Meu pai tinha morrido. Minha mãe me expulsou de casa e tive que começar a trabalhar desde muito jovem pra sustentar minha filha. Então você não estudou nada? Nada, ela responde, só uns semestres de direito. Você não é uma mulher inculta, eu digo, isso se nota. Então ela sai de trás do biombo, seu corpo maciço bem modelado por um dos vestidos favoritos da minha mulher. Esse fica perfeito em você, digo. À noite, depois da sessão, passo aqui pra te pegar. Esteja pronta. Não quero me atrasar.

18

Minha mulher tenta não parecer surpresa ao nos ver entrar pela porta da galeria, mas seus olhos quase reviram no momento em que reconhece o vestido, o fino e suave tecido verde acentuando as formas generosas da número 4, que começa a passear alegremente entre as peças sutis, uma presença que é um grosseiro desafio aos leves cilindros que pendem do teto — quase como se flutuassem —, aos retalhos de sacas, aos fragmentos de metal habilmente montados com os restos de uma cadeira velha virada de cabeça para baixo, às aquarelas geométricas desbotadas que bocejam nas paredes.

Achei que você iria gostar do contraste, digo à minha mulher. Ela abre um sorriso forçado. Com certeza eu não esperava algo assim, diz e me dá um beijo, tentando manter o bom humor e o entusiasmo. Somos interrompidos por vários babões que vêm parabenizá-la. Você gostou de eu ter trazido ela?, pergunto quando nos deixam sozinhos de novo. Minha mulher pensa, tenta ler minhas intenções, ter uma visão geral da situação. Sim, ela diz, gostei; não entendi nada, mas gostei. Agora, se o que você queria era contribuir pra abertura, conseguiu. Os movimentos imprevisíveis da número 4 pela sala chamam a atenção do público.

Eu te trouxe outro presente, digo, e entrego uma dose a ela. É a nova?, minha mulher pergunta. Sorrio satisfeito. Ela enfia o comprimido na boca e toma um gole de uísque. Te amo, ela diz. Me dá outro beijo e corre atrás da número 4. Cumprimenta a mulher, pega suas mãos, não sei o que está dizendo e muito menos o que a outra poderá responder. De repente as duas gargalhadas se destacam, antes de cair num mesmo rastro de coisas quebradas.

ECONOMIA I

1

Não é a primeira vez que introduzimos uma terceira pessoa na relação.

Dificilmente poderíamos falar disso com orgulho, é claro. Sexo grupal virou um costume vulgar, pelo menos desde que se tornou popular entre os executivos de classe média. Já faz algum tempo que só se fala em ter um relacionamento estável, filhos, casa no campo, jardim, discos de música folk.

O fato é que no ano passado um jovenzinho que estava escrevendo sua dissertação de mestrado sobre a obra da minha mulher começou a frequentar nosso apartamento. Depois de algumas semanas, ela me contou que havia dormido com o rapaz em seu estúdio. Não senti nada parecido com ciúme. Consegui entender que minha mulher queria muito estar com os dois ao mesmo tempo e concordei, só para agradá-la, porque me pareceu óbvio que aquele jovenzinho era apenas um instrumento do amor que temos um pelo outro, um canal através do qual se traduzia o desejo que minha mulher havia cultivado por mim. O jovenzinho era uma marionete. E nós o tratávamos como bem queríamos, nos aproveitávamos da sua franqueza, da admiração que minha mulher despertava nele. Com o passar das semanas, reduzimos sua potência masculina inicial, fomos fazendo com que ele se afeminasse, subtraindo seu vigor e iniciativa para transformá-lo gradativamente num brinquedo passivo. Minha mulher foi substituindo a fantasia da penetração absoluta pelo prazer destrutivo de me ver gozar na boca do jovenzinho, que no final concordava com tudo sem oferecer resistência, com sua vontade anulada, reduzido ao mistério da obediência. Naturalmente, o tédio não demorou a chegar. A coisa não durou nem dois meses e no fim minha mulher o mandou embora, não quis nem vê-lo de novo para o assunto da dissertação. Não sei que fim levou aquele pobre rapaz.

Agora que terminamos os testes no laboratório, a número 4 nos pediu para deixá-la ficar alguns dias em nosso apartamento. As razões para não voltar para sua casa eram bastante nebulosas, mas minha mulher ficou tão entusiasmada com a ideia que preferi aceitar qualquer explicação. A número 4 e minha mulher desenvolveram em pouco tempo uma cumplicidade que às vezes me assusta. Com frequência as pego sussurrando ou trocando olhares que não consigo interpretar. Às vezes, acho que tentam me deixar fora do triângulo. E o pior é que o vínculo entre elas fica mais intenso quando usam a droga, na qual definitivamente se viciaram. Tanto que me vi obrigado a lhes restringir o consumo a duas doses diárias. E apesar de todos esses detalhes organizacionais, a verdade é que não posso reclamar. Gosto muito do tempo que passo com elas. A número 4 ainda é um tanto esquiva comigo no trato diário, mas é solícita quando preciso dela, inclusive quando minha mulher não está presente. Consigo notar que ela se sente em dívida conosco e, embora eu note que também gosta de ficar sozinha comigo, não posso deixar de observar que o sexo é uma forma de retribuir a hospitalidade.

A única coisa que chama a atenção é que a número 4, desde que saiu do laboratório, parou de proferir discursos sob os efeitos da droga. No máximo, balbucia se fica com sono ou conversa normalmente com minha mulher. A número 4 se revelou uma maravilhosa conversadora. É, como eu suspeitava, uma mulher culta, mas ainda não nos revelou onde aprendeu tantas coisas. Autodidata, disse ela. Mas nisso ninguém acredita.

2

Desde que o processo de distribuição do novo produto começou, o laboratório voltou a se concentrar em suas atividades jurídicas. Além disso, há pouco tempo assinamos um contrato com o governo para fabricar medicamentos genéricos para o plano de saúde obrigatório, então agora são os administradores e advogados que trabalham a toque de caixa, lidando com a burocracia estatal. Por outro lado, as coisas aqui são tão automatizadas que precisamos de muito pouco pessoal para cuidar das máquinas e dependências. Os enormes corredores do laboratório permanecem sempre vazios, só se ouve o zumbido distante dos equipamentos da fábrica. Sinto falta das mulheres, dos terceirizados que nos ajudavam com os monitoramentos, das enfermeiras. Esse lugar é muito grande, precisaríamos de muito mais pessoas para habitá-lo, e um punhado de presenças só acentua o vazio. Agora tenho tanto tempo livre que passo tardes inteiras caminhando pela floresta na companhia dos cachorros. Hoje chegamos às cercas elétricas, onde a propriedade faz divisa com enormes estufas de flores. São estruturas em forma de caixa, muito bonitas e simples, peles retangulares de plástico semitransparente esticadas sobre armações de metal e madeira. O campo está repleto dessas construções, como se pode ver do avião ao pousar no aeroporto. Herdei o gosto pelas estufas do meu pai, que cultivava flores e gostava de me mostrar o local onde era produzida sua fortuna. Talvez tenha sido numa estufa que tive meu primeiro encontro com a beleza: as mulheres uniformizadas, com máscaras e luvas, manipulando as orquídeas para colocá-las em embalagens de celofane e depois em caixas de madeira. Pensando nisso agora, acho que nunca vi o rosto de nenhuma das trabalhadoras. Só me lembro dos olhos nus em cima da máscara. As mãos enluvadas, as tesouras, os gestos sincronizados como numa espécie de ritual. Nada mais distante da ideia de laboriosidade que meu pai tanto defendia, ainda que a testa da trabalhadora estivesse suada. Se eu pudesse, cruzaria a cerca elétrica agora mesmo e entraria na estufa. Através do plástico semitransparente, é possível vislumbrar os movimentos dos corpos.

3

Os gestores vêm me ver no laboratório para me contar que o medicamento está vendendo muito bem. Um deles rabisca algo num post-it antes de colá-lo na minha testa. Faço menção de olhar o papel, mas o outro gestor me impede, estalando a língua enquanto balança o dedo indicador. Devagar, devagar, diz ele, a surpresa pode ser muito grande. Descolo lentamente o post-it, sinto a substância adesiva sujando minha testa: uma cifra altíssima, claro. O sorriso repetido dos gêmeos flutua no ar quente do escritório. O melhor é que nossas previsões estão corretas, diz uma das bocas. A droga é um sucesso em todas as classes sociais. É o único produto distribuído igualmente em todos os pontos de venda.

4

Pulando na discoteca com a número 4 e minha mulher. Pulando sem parar sob a luz estroboscópica. E se isso for tudo? Existe algo maior do que esse estado de glória e prosperidade? Moro com duas lindas mulheres que me dão todo carinho de que preciso, folgo o quanto quero no trabalho, tenho tempo para pensar livremente em novos projetos, novas e maravilhosas drogas para todos, drogas baratas, drogas inteligentes, capazes de produzir experiências sempre diferentes, cada vez mais intensas. E se é verdade que minha nova droga não faz distinção de classe, poder aquisitivo ou nível de escolaridade entre as consumidoras, uma certa ideia de democracia baseada no consumo é possível. É isso que minha nova obra, feminista e igualitária, parece demonstrar. Porque minha arte não é apenas para uma elite de pessoas informadas, como a da minha mulher. Minha arte é para todos, para qualquer um, não é preciso saber nada de antemão, não são necessários intérpretes dotados de uma língua hermética, nenhuma liturgia. O único espaço de legitimação é o mercado, quer dizer, o corpo e o mercado.

5

Você é feliz?, minha mulher pergunta a ela. Sim, responde a número 4, gosto muito de estar aqui com vocês. A única coisa que me preocupa é minha filha, que ficou na casa da avó, e não gosto de deixá-la por lá. Minha mulher e eu nos entreolhamos em silêncio. Esse é um assunto proibido entre nós. Qualquer conversa que envolva crianças nos deixa insuportavelmente incomodados. A número 4 lançou-a para nos testar. Talvez espere sinal verde da nossa parte para trazer a menina para o apartamento, mas também não se atreve a nos pedir isso abertamente, como se no fundo soubesse que uma coisa dessas estragaria tudo, seria o fim. Daqui a uns dias terei que pegar a menina e voltar pra minha casa, diz a número 4, baixando a cabeça. Não sei dizer se sua angústia é falsa ou não. No resto da tarde, as duas mulheres parecem estar um tanto receosas uma com a outra. Preciso recorrer à droga para aliviar a tensão. Quando a substância faz efeito, vamos todos para a cama e assunto encerrado.

6

Passeamos pelo campo na companhia de um colega da minha mulher, que não para de bajular a número 4 com o tom lisonjeiro que os estetas usam para descrever qualquer coisa, gostem ou não. Esta senhorita é uma maravilha, diz ele, linda, inteligente, não dá pra pedir mais nada. Minha mulher nota minha exasperação e tenta desviar a conversa para o tema da natureza que nos rodeia, fala da pureza dos riachos de alta montanha, da perfeição com que a vida se organiza. Repete feito um papagaio seus clichês místicos sobre a paisagem, a vida solitária, o fogo. O colega da minha mulher diz que muitos dos seus amigos foram viver numa casa na montanha, sem luz, sem água corrente. Cultivam seus próprios alimentos, são totalmente autossustentáveis, diz ele, independentes, não precisam de nada de ninguém. Fazem até seu próprio sabão reutilizando óleo descartado e gorduras animais. A número 4 olha para as coisas com um interesse frio. Acho que ela não sabe se deleitar contemplando o mundo natural. E ainda assim, seu jeito de olhar, a economia dos seus gestos volta a me cativar, como nos primeiros dias no laboratório, muito antes de minha mulher decidir que formaríamos um triângulo, quando a número 4 era só minha e eu anotava suas alucinações com detalhes. É como se tivessem transcorrido anos, quando foram apenas semanas. A mudança foi realmente drástica. O fato de estarmos excluídos da conversa sobre os benefícios da vida no campo permite que a número 4 e eu fiquemos juntos mais uma vez. Eu me aproximo dela e pego seu braço, como nas noites em que caminhávamos pelo jardim. Ela reconhece o contato, sorri e acaricia minha bochecha com a palma da mão. Eu a beijo com suavidade na boca. Minha mulher finge não ter reparado no que aconteceu, mas não consegue terminar a frase, fica nervosa, franze a testa. Atordoado, seu colega começa a tagarelar sobre algumas pinturas rupestres indígenas que se encontram perto dali, prometendo nos levar para vê-las da próxima vez que viermos.

Poucas horas depois da caminhada, voltamos à casa de campo para almoçar. Comemos carne grelhada na parrilla com batata rústica, pão caseiro recém-assado, queijo artesanal e figos em calda com doce de leite. Na hora da sobremesa, minha mulher e a número 4 recuperam o fio da cumplicidade e volto a ficar sozinho. Lá fora começa a cair uma daquelas chuvas vaporosas do altiplano, a folhagem verde emite um brilho que aquece o espírito e um frescor de coisas vivas entra em rajadas na casa para se misturar com o cheiro da lenha.

7

Minha mulher está lendo uma resenha sobre sua exposição há algum tempo. Lê e relê, incrédula. Agora pede que a número 4 e eu escutemos um fragmento: "... consegue algo simplesmente di-vi-no: reduz qualquer indício de gestualidade radical a um mero exercício de decoração de interiores. Essa senhora acredita que é possível fazer arte simplesmente confiando em seu bom gosto de madame, mas no fim das costas não fede nem cheira. Agora, é verdade que a maravilhosa estrutura conceitual me surpreendeu por sua falta de coincidência com a pobreza da linguagem plástica". Não dê bola, digo a ela, todas as outras críticas foram positivas, quem importa disse que a exposição é de um nível altíssimo. Quem importa são todos amigos meus, diz ela; quem escreveu isso, por outro lado, está falando com franqueza, não tem nada a perder. A pessoa que escreveu isso tem inveja de você, eu digo a ela, se nota que é alguém muito ressentido. Minha mulher fica irritada. Você não entende nada, ela diz. Eu lhe daria um tapa pelo que acabou de me dizer, olho para ela com raiva. Mas tem mais. E nos lê em voz alta: "Às vezes tanta lucidez surpreende por sua obstinada inutilidade". E repete: "Às vezes tanta lucidez surpreende por sua obstinada inutilidade". Gostaria de saber quem escreveu isso, diz ela, está assinado com um pseudônimo. A número 4, que até então não tinha se pronunciado, intervém para dizer à minha mulher que o autor da crítica tem alguma razão. Caso contrário, diz a número 4, você não estaria se remoendo tanto. Talvez você precise mudar alguma coisa.

8

Minha mulher continua se atormentando com a questão da resenha. Não quer sair, passa o dia inteiro de pijama. A única coisa que a deixa de bom humor é a droga e, em menor medida, a conversa com sua nova amiga, que não tem piedade alguma em criticar suas obras. A número 4 lhe diz coisas que nem eu ousaria sugerir. A reação da minha mulher oscila entre o entusiasmo pela possibilidade de renovar drasticamente seus processos e a ansiedade de não saber como iniciar o trabalho. Até ontem tentei insistir no fato de que todas as críticas, exceto aquela, foram positivas. Minha mulher está obcecada com a ideia de seguir em frente, e temo que ela esteja errada. Em parte, e para além das más intenções, o autor da crítica tem razão numa coisa: minha mulher é incapaz de sair da zona de conforto que seu bom gosto lhe proporciona. Precisou de anos de esforço para construir essa fortaleza, pedra por pedra, é seu maior motivo de orgulho e pode-se dizer que sua obra inteira é uma emanação natural desse núcleo sensível.

9

A número 4 e eu vamos ao supermercado. Tentamos seguir escrupulosamente a lista que minha mulher escreveu e vamos colocando os produtos no carrinho. E se nós dois fôssemos morar sozinhos, longe da minha mulher? A parte ruim é que isso significaria morar também com a menina, e não sei se estou preparado para algo assim. Tudo isso deveria ser apenas uma diversão extra, sem consequências, como tomar uma droga maravilhosa ou encontrar um restaurante novo. Agora estou considerando a possibilidade de deixar minha mulher para viver com essa desconhecida. Que porra está acontecendo comigo? Em frente ao refrigerador de laticínios ensaio uma declaração de amor, totalmente desajeitada, à qual a número 4 assiste tentando parecer impávida. Vamos, digo a ela, podemos morar com a menina, nós três. Não consigo ler seu rosto. Ou talvez ela também não saiba bem o que deveria sentir e seu rosto reflita aquela confusão que, no final, se transforma numa expressão desencantada. Você não me conhece, ela diz. E na sequência me vejo insistindo, implorando, sem saber em que posição me colocar, e então minhas palavras assumem ao mesmo tempo todos os tons possíveis numa mistura que me dá nojo: arrogante, submisso, suplicante, autoritário, clínico. A número 4 repete: você não me conhece. E continua empurrando o carrinho.

10

Hoje os gestores vieram de novo ao laboratório. O mais surpreendente dessa visita é que entraram em meu consultório carregando um par de macacos-aranha nos braços. Por um segundo entrei em pânico, depois achei engraçado. Conheça a nova equipe de segurança, disse o intelectual. Comecei a gargalhar porque pensei que estavam brincando. Os gestores me olhavam muito sérios. A imagem parecia tirada de um pesadelo: cada gêmeo em seu terno impecável, cada rosto arrogante repetido com mínimas variações, cada homem com seu macaco preto de olhos lamentosos e lacrimejantes. Os cães e o sistema eletrônico não bastam, continuou o intelectual. Fiz uma última tentativa de desmascarar os zombeteiros, mas sem sucesso. A coisa era séria. A mesma empresa que adestrou os cães agora trabalha com macacos-aranha, disse o outro, o que costuma falar demais. Os macacos são muito mais versáteis, sigilosos, letais, quase como pequenos ninjas. E embora agora eu soubesse que não estavam brincando, voltei a gargalhar, o que perturbou um pouco os macacos. Acalme-se, ordenou o intelectual, essa risada não faz bem, deixa os macacos nervosos. Relaxe um pouco e dê a mão pra fazer amizade com eles. Caso contrário, podem te considerar um inimigo. Deus me livre!, gritei e voltei a me contorcer de tanto rir. Os macacos começaram a uivar enquanto os gestores tentavam aplicar as técnicas ensinadas na empresa para acalmar os animais. Agarravam-nos gentilmente pelo pescoço e faziam: shhhh, shhhhh.

Depois do almoço fui dar uma volta no bosque, mas tive de voltar depois de quinze minutos porque começou a chover forte e fiquei o resto da tarde olhando pela janela sem fazer nada.

11

Como você pôde levá-la à abertura?, diz minha mulher com os dentes cerrados, enrolada nos lençóis há dois dias. Ela fala como se a número 4 não estivesse nos ouvindo da sala. De onde você tirou uma coisa tão absurda, de onde, enfiar essa coisa pra caminhar entre as *minhas* peças com o *meu* vestido. Você está doente, você está *muito* doente. Você sabia o efeito que isso teria sobre mim, sabia que me destruiria, calculou tudo. Os gritos ecoam pelo apartamento inteiro. Não me importo que minha mulher esteja com raiva, vai acabar superando, tenho certeza. O que me dói é que, depois dessa ceninha, a número 4 terá de ir embora. Calma, digo só para dizer alguma coisa, sabendo que minha voz tranquila só vai deixá-la ainda mais irritada. E, de fato, a fera se solta: você é um invejoso, ela diz, um inútil sem nenhum talento, uma pessoa destrutiva que só fica feliz quando vê a luz dos outros se apagando. Você me dá nojo. Você me dá nojo... De repente estou dentro de uma novela, a matéria da realidade parece corroída pelo absurdo, a representação rachada no cerne da ação dramática. No entanto, acho que a vida é assim, essa rachadura não é um erro, mas a própria estrutura de uma economia catastrófica. Deixo-a gritar um pouco e, quando ela se cansa, sugiro que tome uma dose. Agora está com a cabeça enfiada no travesseiro, chorando e berrando como uma pirralha. Eu não quero, consigo entender que ela diz, sua voz sai baixa, abafada pelas penas do travesseiro. Eu não quero suas merdas, não quero nada das suas merdas. E continua berrando. Vai acabar passando, tenho certeza. Daqui a alguns minutos ela levantará a cabeça, com mechas de cabelo enfiadas na boca, maquiagem borrada nos olhos e, ainda soluçando, fazendo beicinho, me pedirá um comprimido.

12

Quando minha mulher adormece, saio para a sala e a número 4 me olha apavorada. Eu não queria incomodar vocês, ela diz, sinto muito, e pega o telefone para chamar um táxi. Pergunto se ela não prefere que eu a leve de carro. A número 4 franze os lábios e balança a cabeça. Com certeza esteve discutindo com minha mulher a tarde toda. Não precisa, diz ela, é melhor assim, e ficamos em silêncio, de mãos dadas no sofá. Cinco minutos depois, a portaria nos informa que o táxi chegou. A número 4 pega a pequena mochila que havia trazido do laboratório algumas semanas antes. Me dá um beijo de despedida, um beijo demorado, me abraça e eu a aperto com força pela cintura. Me atrevo a insistir: não quero que você vá embora, digo, e minha proposta continua de pé, podemos morar nós dois sozinhos, com a menina, claro. Essas palavras amargam o momento, e ela encerra o abraço, se vira e sai pela porta, depois de se recusar a me dar qualquer informação, endereço ou telefone. Me liga, grito enquanto a observo caminhar pelo longo corredor. Você tem pílulas suficientes?, pergunto. E ela assente no exato momento em que desaparece com um gesto neutro pelo buraco do elevador. Em seguida a luz automática do corredor se apaga, mas não consigo fechar a porta e fico muito tempo na soleira, convocado pela escuridão, como se a escuridão e o vazio vertiginoso da arquitetura quisessem sugar a vida do meu corpo.

13

Na falta de obrigações, passo a semana inteira no laboratório revisando os relatórios sobre as quatro voluntárias e assisto de novo aos vídeos em que as mulheres aparecem sob os efeitos da droga. Os vídeos não têm áudio, então só consigo ver a número 4 gesticulando enquanto faz os discursos. Seus movimentos pelo cômodo descrevem o mesmo padrão elíptico no sentido horário, embora às vezes ela se agache, fique de cócoras e olhe para o chão como se estivesse se debruçando sobre um lago. Sinto a necessidade de reler as transcrições várias vezes seguidas e só paro quando entendo que a releitura obsessiva é um sinal de frustração.

Para arejar a cabeça, dou um passeio pelo jardim, seguido de perto pelos dois macacos. Eles andam de quatro, com os passos sincronizados, e olham para tudo com uma simpática expressão de assombro permanente. Qualquer um diria que estão redescobrindo o mundo o tempo inteiro. Seus movimentos são tão rítmicos e graciosos, tudo em seus gestos parece tão necessário que, por um momento, fico tentado a acreditar que em seu desenvolvimento evolutivo não houve falhas ou arrependimentos. Observá-los caminhar transmite uma estranha sensação de perfeição. São pequenos ninjas, é verdade.

Os cães latem ao longe. Me pergunto se os cães vão se dar bem com os macacos. Será que os estúpidos dos gestores pensaram nisso?

Quando entro no bosque de pinheiros, os macacos trepam nas árvores e examinam o território em busca de possíveis ameaças. De fato, estão muito bem treinados. Me sento no chão, recostado num tronco. Os cães continuam latindo e gostaria de ir vê-los, mas tenho medo de imaginar que um encontro entre os quatro animais possa terminar em catástrofe. Também fantasio com a possibilidade de caminhar pela propriedade rodeado de cachorros e macacos. Meu pai nunca me deixou ter animais de estimação. Dizia que afeminavam o caráter. O mais próximo que cheguei de ter um animal de estimação foi quando montei um formigueiro numa urna de vidro para uma feira de ciências do colégio, uma próspera microssociedade que, apesar do caráter marcadamente militar e fabril, não obteve a aprovação do meu pai. Jogue fora essa bobagem, ele me disse, porque a feira de ciências havia terminado fazia semanas e eu ainda guardava a urna no meu quarto. Pensando bem, talvez meu pai tenha reagido dessa forma contra o formigueiro porque sentiu que ali estava se consolidando um esplêndido matriarcado, sob o comando de uma rainha folgada, dedicada exclusivamente a procriar e ser alimentada por suas criaturas.

De repente, começam a cair as primeiras gotas do que parece ser um forte aguaceiro, então me levanto e volto ao laboratório, onde me aguardam de novo as transcrições, os vídeos da número 4 vistos pela enésima vez em câmera lenta, os detalhes minúsculos daquele kabuki de gestos silenciosos. Um tempo depois, quando o brilho dos primeiros raios se reflete nas paredes do escritório, me levanto para olhar pela janela.

Lá fora a tarde é pesada e densa e, ao pé do edifício, junto à fonte, o casal de macacos continua de guarda, apesar do aguaceiro. Me dá um pouco de pena vê-los assim, encharcados e imóveis como gárgulas. Os cães latem sem parar. Seguindo não sei qual impulso, pego o guarda-chuva e saio para o jardim. Os macacos indicam que vão me seguir, mas grito para que fiquem onde estão. Surpreendentemente, eles me escutam e recuperam sua penosa imobilidade. Pego o caminho de cascalho em direção ao portão de entrada, temendo encontrar alguma surpresa desagradável e triste, como os cachorros doentes ou feridos. Arrasto essa sensação ruim sob o guarda-chuva, de cabeça baixa, atento para pular as poças e os trechos lamacentos.

Ver que os animais estão sãos e salvos dentro da casinha me enche de uma alegria infantil, mas não pretendo sentir vergonha disso. Fico muito feliz em comprovar que não aconteceu nada com os cães, que estão bem protegidos da tempestade ali no canil, e quase choro de alegria ao ver que abanam o rabo quando me agacho para acariciá-los.

14

Esta manhã liguei para um dos gestores para perguntar se há algum capanga disponível. Já mando um pra você, ele disse. Algumas horas depois, chega ao meu consultório um cara com pinta de capanga, uma caricatura mal executada, com a pele esburacada, olhos verde-amarelados e corte de cabelo militar. Em que posso ajudar, doutor?, diz ele, a voz submissa e doce que parece contradizer sua aparência de má pessoa. Preciso descobrir onde uma pessoa mora. Entrego fotos e dados a ele. O cara não pergunta mais nada, é um profissional, como os macacos. Agora é esperar.

15

Minha mulher continua sem sair da cama. Para piorar as coisas, está misturando minhas drogas com doses de cocaína. Passa a maior parte do dia grogue, vendo TV. Às vezes se levanta eufórica, pega um caderno e começa a desenhar. Ao redor da cama, bolas de papel se acumulam junto a alguns desenhos maravilhosos que parecem circuitos elétricos ou esqueletos de máquinas reticulares. Não trocamos uma palavra. Começo a ter pena dela e sinto falta de seu bom humor e sua inteligência. O amor velho e gasto acena para mim de longe, como um náufrago.

16

Hoje os macacos capturaram uma coruja que eu tinha visto fazia dias voando pelo bosque de pinheiros. E a trouxeram ao meu consultório. Uma oferenda, imagino. Como a equipe de limpeza é escassa, tive de esperar muito tempo até que viessem buscá-la. A imagem do pássaro moribundo, ainda batendo as asas aos pés da minha mesa, a celebração dos macacos pulando ao redor, enfim, uma sequência de mau agouro. Sempre fui um pouco supersticioso, mas vamos admitir que ultimamente não param de acontecer coisas, sinais pouco auspiciosos. E justo nesta tarde recebi a ligação de um dos gestores, o que fala demais, perguntando se estava tudo bem aqui, se havia alguma coisa fora do comum. Conto a ele sobre a coruja. Nada mais?, ele diz, insinuando que não acha isso extraordinário. Nada mais, respondo, por que a pergunta? O gestor pigarreia, desconfortável. Não, não se preocupe, é que num dos pontos de drogas barra-pesada do sul rolou uma confusão que nem te conto. Você sabe como são esses lugares, diz ele. No entanto, a verdade é que não sei muito bem, não. Dizem que são ruas e ruas inteiras dedicadas ao comércio de todos os vícios, como um grande mercado, dizem que há centenas de pequenas bancas feitas com chapas de zinco e tábuas. Vi umas imagens na televisão.

O gestor me explica que um bando de mulheres viciadas na nova droga organizou um motim para saquear a casa de um dos fornecedores. Dizem que roubaram cerca de mil e duzentos comprimidos. As mulheres entraram na casa do cara armadas com revólveres, facas e facões. E ontem, diz, nosso fornecedor levou a gangue dele para fazer uma batida pela zona inteira, e você pode imaginar no que deu. A polícia teve que intervir porque esses viados perderam a cabeça. Há cerca de catorze mulheres mortas, segundo me disseram.

17

Tive de mandar o carro para uma revisão na oficina, então vou me locomover de táxi por alguns dias, uma experiência totalmente diferente, talvez mais rica, do que a de dirigir sozinho pela cidade. Não sei por que os motoristas de táxi daqui têm uma reputação tão ruim se não são piores do que os dos outros lugares. Estão estigmatizados, coitados. O taxista que me leva ao laboratório hoje de manhã é muito simpático, faz comentários engraçados sobre as notícias do rádio. De repente, falam sobre o ponto de droga, os tumultos e o assassinato das catorze mulheres. O bom humor do taxista não perde força, apesar da truculência que relatam no noticiário. Ouço com atenção, mas eles nem sequer mencionam a nova droga, apenas dizem que se trata de um acerto de contas entre gangues rivais. O taxista, porém, está sabendo de tudo. Parece que as mulheres estão muito alvoroçadas com uns comprimidinhos novos, diz ele. Um vício que deixa elas com tesão, já ouviu falar? Não, digo, depois peço que me conte mais, e ele começa a me dar detalhes do ocorrido, como invadiram a casa do fornecedor para roubar os comprimidos, como o humilharam na frente dos seus quatro guarda-costas. A confusão pegou todos de surpresa, diz ele, nem tiveram tempo de revidar, pegaram os caras desprevenidos. O taxista olha pelo retrovisor e continua: e você sabe como são as fêmeas neste país quando querem alguma coisa, olhe essas mulheres que são guerrilheiras ou paraquedistas, essas são as mais corajosas no combate, viu? Olhe, vou te contar uma coisa: as mulheres colombianas são todas umas desgraçadas. Neste país são elas que mandam, elas que dominam os homens, elas que usam e abusam da gente. E agora com esses comprimidos não quero nem imaginar, todas enfurecidas. Eu acho é bem bom que elas sejam controladas.

No laboratório, as coisas continuam iguais. A única novidade é que os macacos e os cachorros estão se dando bem. À tarde, dou um passeio pelo bosque com os quatro bichos. Sinto-me como uma imagem de são Francisco de Assis, rodeado de animais. O capanga me liga para dizer que não conseguiu descobrir nada sobre a número 4. É como se a terra tivesse engolido essa mulher, diz ele.

18

O taxista que me leva de volta à noite é um homem sério e muito abatido, não gosta de conversar. É daqueles que põe o rádio no volume máximo e dirige muito rápido por avenidas vazias. Eu me recosto confortavelmente no banco de trás para aproveitar a velocidade. Pela janela, a cidade entra como uma réstia de coisas gastas e mofadas, em feixes de luz suave e placas quebradas ao longo do extenso muro do antigo cemitério, uma espécie de fronteira ideológica abandonada ao frio. Minha mulher ficaria enojada com a quantidade de grafites que se vê por aqui. Há também uma boa perspectiva dos cerros que aparecem como sombras mais espessas por trás dos edifícios do antigo centro financeiro, exemplos resignados do funcionalismo típico do fim dos anos 1950. Dá uma sensação sinistra ver que alguns desses blocos quadrados estão vazios ao lado de torres altíssimas que projetam mensagens coloridas nas fachadas. São essas luzes que se vê da janela do laboratório, quando a poluição e as nuvens permitem.

Ao chegar, vejo que o porteiro do meu prédio está anotando as placas dos táxis num caderno. Acho aquilo estranho. O que houve?, pergunto. O porteiro explica que é um protocolo de segurança, ordens da empresa. Com os taxistas nunca se sabe, ele diz, é melhor prevenir.

Minha mulher continua na cama, lendo com a TV ligada, mas seu humor está melhor, e não é para menos. Hoje o arquiteto careca comprou as duas peças mais caras da exposição.

Escovo os dentes, visto o pijama e vou para a cama, com minha mulher, que está muito concentrada em seu romance policial. Meus olhos vão se fechando sozinhos diante da tela da TV, estou muito cansado depois de um dia monótono em que não fiz nada além de desperdiçar minha energia antecipando o momento de ver a número 4.

19

Em plena madrugada algo muito urgente me acorda. Talvez eu ainda esteja dormindo, talvez isso seja um sonho, mas a ideia que me tirou da cama me domina, me arrasta para fora do apartamento, me obriga a descer pelo elevador. Na recepção do prédio, encontro o porteiro dormindo numa posição muito desconfortável, não sei como ele não cai da cadeira. O coitado acorda assustado, pede desculpas. Me deixe ver o registro dos táxis, digo a ele. E ali, sem muito esforço, localizo a data, a hora, as placas.

20

Faz horas que estou esperando no laboratório, ansioso, olhando pela janela sem parar. No meio da manhã, o capanga aparece acompanhado de um homem mais velho, que afirma ser o dono do táxi. Pergunto se ele se lembra de ter levado uma mulher há alguns dias, mostro várias fotos, recito o endereço da minha casa. O homem se lembra perfeitamente da número 4 e do lugar para onde a levou.

O capanga se oferece para me acompanhar. Prefiro ir sozinho, digo. Ele insiste, garante que o bairro para onde vamos é muito perigoso, mas eu o encaro para que não continue. Em vez disso, me avise se conseguir descobrir mais alguma coisa, digo, moderando o tom hostil. O capanga encolhe os ombros e sai.

21

Uma hora depois, o táxi sobe uma ladeira muito íngreme em direção a um daqueles bairros que ficam na encosta dos cerros orientais, um aglomerado de casas velhas e ruínas habitadas pelo que meu pai chamava de escória, e que eu imaginava como algo assustador ou uma criatura fabulosa. Com o passar dos anos, a palavra escória passou a me sugerir apenas uma bola disforme de sucata cultural. Paramos em frente a um portão de metal pintado de verde. Espero aqui, chefe, diz o taxista. Há muita gente subindo e descendo a encosta, crianças trabalhadoras, mulheres com cestos cheios de verduras, rapazes sem trabalho que com sorte conseguirão se tornar capangas. Toco a campainha duas, três vezes, e nada. O taxista recomenda que eu espere dentro do carro, mas justo nesse instante ouço todas as travas começarem a ser liberadas, as chaves girando nas fechaduras. Estou tão nervoso que minhas têmporas latejam. A porta se abre e me vejo diante da máscara rococó da número 2. A surpresa é mútua, os lábios de salsicha em minha bochecha não ajudam a dissipar o sentimento de incredulidade.

22

A mulher me convida para entrar por um corredor muito comprido, pega minha mão e vira a cabeça de vez em quando para me dar um sorriso, rebola a bunda ostensivamente, olha com desdém para os inquilinos curiosos que saem dos quartos para ver o convidado da fêmea mais rica da casa inteira, do bairro inteiro. Atravessamos um pátio cheio de plantas. Em vez de vasos, os arbustos estão plantados em potes de tinta ou combustível cortados ao meio. Em seguida surge outro longo corredor por onde saem cada vez mais curiosos, crianças, idosos, mulheres, a número 2 cumprimenta algumas gentilmente, para outras nem se vira para olhar, dobramos à direita, à esquerda, andamos em círculos, talvez em espiral, estou perdido, não entendo que formato tem essa casa, outro pátio, outro corredor, um banheiro, uma parede cheia de gaiolas com pássaros, alguém está fritando alguma coisa, cheira a manteiga, uma porta se abre, um cômodo simples, sem janelas, com um grande armário e um grande espelho, fotos coladas nas paredes e no teto, a cama desarrumada. Nós dois sabemos o que vai acontecer, e acontece. Ela fecha a porta atrás de mim e abre o zíper da minha calça. Sinto meus olhos se arregalando enquanto ela me chupa sem parar com todo o seu rosto impossível, que fica tenso e relaxa, que às vezes parece escorrer e depois ganha consistência de novo porque ela me olha enquanto me chupa e lambe e eu olho para ela para que saiba que, sem saber, eu queria isso desde o início, desde que reparei pela primeira vez na monstruosidade de seu rosto, balanço em seu rosto, que não é o umbral de nenhum corpo, porque agora só há corpo ou só há cabeça, não há entradas nem saídas de nenhum corpo, os peitos como duas cabeças que só sabem olhar para dentro, por cima do umbigo que parece murmurar alguma coisa, e agora sou eu, eu como uma extensão do rosto, como um enfeite, como um adorno maciço, acessório perplexo e pouco gracioso que teria saído pela boca desse rosto expansivo e sem centro.

23

Não tenho, digo a ela. A número 2 quer uma dose, está há dias sem poder consumir porque, segundo ela, o preço subiu muito depois do alvoroço no ponto de drogas do sul. Estamos deitados na cama, olhando para o teto, que está cheio de recortes de revistas grudados com tachinhas. O que é isso?, pergunto, apontando com o dedo indicador. A número 2 diz que são apenas coisas de que ela gosta muito, personagens do showbiz, partes de corpos, uma perna musculosa, um braço esbelto, uma mão delicada com unhas perfeitas, uma bolsa de grife, um vestido, um chapéu, um perfume. É sério que você não me trouxe nem um comprimidinho? Ela me olha com uma malícia que, como tudo o que acontece em seu rosto, parece exagerada. Mas de qualquer forma não foi atrás de mim que você veio, né?, ela diz. Nego com a cabeça e pergunto se ela sabe alguma coisa da número 4. Não sei, diz, apareceu aqui pra me pedir pouso. Decerto ninguém mais queria recebê-la porque, imagine, eu mal a conhecia. Por pura gentileza deixei meu telefone e endereço com as outras voluntárias, mais para ver se não queriam virar minhas clientes no salão. Quando ela apareceu aqui, me disse que ia ficar três noites, eu disse não tem problema, amiga, fique o tempo que precisar, mas na manhã seguinte ela já tinha ido embora e nem se despediu. Foi cedo, quando saí pra trabalhar no salão de beleza. Pergunto se ela não deixou um bilhete, um endereço, um telefone, alguma coisa. A número 2 se levanta da cama, pega uma sacola que contém uma escova de dentes, roupa íntima suja e um jornal em que não há nada anotado. Ficamos em silêncio e, quando a número 2 vê que estou ficando abatido de tanto remexer nos itens da sacola, sobe em cima de mim. E aí, topa um repeteco?, diz.

24

Acordo sem saber onde estou até que, aos poucos, começo a reconhecer na escuridão os traços horrendos, as pálpebras fechadas com cílios postiços que parecem arame farpado, os peitos introspectivos e enormes. O repeteco foi ainda melhor. Confiro as horas num velho rádio-relógio em cima da mesinha de cabeceira, são seis da tarde. Eu me levanto bem devagar, não quero acordar a mulher, tento me vestir sem fazer barulho, mas ela abre os olhos, sorri. Já está indo? Sim, digo, é tarde. A mulher se levanta, veste um roupão de seda esfarrapado que parece já ter tido uma cor intensa. Eu te acompanho até a porta, diz, e saímos do cômodo para refazer todo o labirinto de espirais, que, na direção contrária, mostra novos detalhes: uma parede com imagens de santos, um galinheiro vazio com o chão coberto de penas, um aquário vazio que acumula poeira ao lado dos restos de várias bicicletas, um tanque de cimento onde uma mulher esfrega seus lençóis. Quando chegamos à entrada, a número 2 me diz para vir visitá-la sempre que quiser, que aqui sou sempre bem-vindo, mas que da próxima vez tenho que trazer uns caracoizinhos. Caracoizinhos? Sim, caracoizinhos, repete. É assim que chamam os comprimidos, mas, pra falar a verdade, não sei por que deram esse nome. Também chamam de tortinhas, chiliquinhos, chamuscos, baratinhas, pipoca-doce, triangulinhos, raspa-xereca, pirracinhas, mariquinhas... Espera, vou chamar um táxi pra você, diz ela.

25

Da janela do escritório, bem longe, minúsculas, é possível ver as colunas de fumaça subindo dos bairros invadidos. Um helicóptero sobrevoa as montanhas secas do sudoeste, onde parece que a situação é mais grave. Os gestores dizem que gangues de mulheres estão se organizando por toda parte para saquear todos os fornecedores que encontrarem, alguns grupos já conseguiram inclusive montar seus próprios pontos com uma boa quantidade de mercadorias roubadas e armas. A polícia e os bandos tentam controlar as áreas de vendas, mas as coisas estão ficando muito feias. Um dos gestores, o intelectual, sugere que tiremos os comprimidos do mercado por algumas semanas, até a poeira baixar. O outro não quer ser tão drástico, prefere retirar o produto dos bairros marginais e aumentar bastante os preços, para que só mulheres ricas possam comprar a droga. O intelectual tenta não parecer irritado ao explicar ao irmão que, se fizermos isso, em breve as gangues invadirão os bairros dos ricos. E aí sim todo o nosso negócio pode ir para o inferno, diz ele, e toma um gole d'água enquanto acaricia um dos macacos. Perguntam minha opinião, se tenho alguma ideia, mas estou muito distraído olhando pela janela, para o jardim cheio de capangas armados, como nos filmes de narcos. Porque, no fim das contas, é isto que somos: narcos, como os dos filmes. Somos escória, somos todos escória.

ECONOMIA II
(O QUE A NÚMERO 4 DISSE QUANDO NINGUÉM ESTAVA OUVINDO)

Chego à casa, admiro a casa, uma casa muito bonita, era do meu pai, mas o marido da minha mãe se apropriou dela. O marido da minha mãe era o testa de ferro do meu pai, era quem aparecia nas escrituras de muitas propriedades do meu pai, mas se livraram do meu pai como puderam, meu pai era duro na queda, mas também não era um carniceiro como os que vieram derrubá-lo, não era um carniceiro como eu, que vou fazer o que já fiz e não pode mais ser desfeito. Tem coisas que a gente já fez antes de fazer, cheguei à casa, admirei a casa, de todas as casas esta era a que minha mãe mais gostava, tenho tudo planejado, tudo medido, hoje é o dia, vou fazer isso, já fiz. Tem coisas que já foram feitas, as obras de arte não são executadas, são cumpridas, como uma profecia, não antecipam os fatos, são ações em sentido puro, não têm outra finalidade além da ação em si, e, uma vez concluída a obra, uma vez concluída a ação, aparece o tempo da coisa. A coisa é o que morre, a coisa é o que se gasta, o que se desgasta, e disso vem a inútil sensação de beleza, o efeito ornamental, o que dura, é o fóssil vivo da ação. Porque não existe coisa sem ação. Por outro lado, a ação não precisa da coisa, pode prescindir dela. Cheguei à casa, admirei a casa, já estava tudo feito, a casa, o receptáculo da ação: a casa vai ser a coisa, eu disse, a casa vai ser o fóssil vivo, o fóssil adormecido da ação intrépida. Cheguei sozinha, cadê a menina?, a menina não está aqui, não está mais aqui, estou sozinha, hoje eu também não trouxe dinheiro, não vou poder pagar tudo que devo a eles, o hospital da menina, o olho da cara, o tratamento da menina, o olho da cara, mas não venho de mãos vazias, trago a ferramenta, o material da obra, minha ação será simples, elegante como uma linha reta, reta, o olho da cara será o que resta, a fonte adormecida das formas no meio do caos, o olho onde dão água aos animais noturnos do jardim em ruínas, ela gosta de nos receber assim para que possamos admirá-la, gosta que vejamos o quanto ela é linda, o quanto continua sendo, uma beleza que dura e dura como uma coisa morta em vida, ela gosta de ser a coisa na casa, a casa na coisa: houve um tempo em que as casas eram construídas segundo os modelos da moda, neoplasticismo, funcionalismo, rinoplastismo, racional-tropicalismo, minha mãe, beleza tropical, arrancadora de suspiros, fabricante de asfixias e espasmos como um corredor longo e infinito, sem janelas nem portas, ela deve ter a mesma idade que esta casa, ambas seriam belezas vintage se o testa de ferro não as tivesse empurrado para o abuso ornamental, para a reforma desnecessária, antifuncional, para a retícula morta que se adere à cornija, à parede, ao rabo, ao peito, ao arco pomposo das sobrancelhas pintadas criando uma ilusão de ótica, minha mãe nua sobre a colcha de flores, tão bonita minha avó, a menina dizia, ouço a voz dela dizendo: tão bonita minha avó, parece uma boneca, e é verdade, minha mãe parece uma boneca de carne e osso recém-saída da caixa, não tem pelancas, um cirurgião excelente as retira, também não tem pelos pubianos, e sua vagina careca e lisa, sem o véu que a cobria, é a afirmação definitiva do ornamento, a negação definitiva da austeridade arquitetônica da casa, cuja fabricação contempla exclusivamente superfícies lisas, linhas retas, longas elipses interrompidas por outras retas que impedem sucessivamente o aparecimento da cavidade infinita, da dobra, da coisa negando a coisa numa constante sugestão da vagina que nunca aparece, até que a gente chega à casa, sobe as escadas e vê a mamãe em cima da cama, nua sobre a colcha de flores, o dinamismo das suas formas sugerindo uma continuidade com a arquitetura, até aparecer sua suavíssima xereca pelada, perfeitamente lisinha, monstruosa em sua prolixidade infantil, tão sinistramente parecida com a xerequinha da menina, ali a vagina aparece como um pequeno pedaço de cerâmica indígena, o arabesco inesperado que anula todos os espaços numa coisa que só admite a necessidade de criar todos, todos os espaços se desdobram a partir da xereca, a casa emerge assim da coisa depilada, descoberta a careta perene, o ruim é que depois de tantas cirurgias, sabe-se lá por quê, minha mãe desenvolveu uma alergia cutânea muito estranha e duas vezes ao dia precisa que alguém a besunte de cremes. Tudo se cumpre, inclusive suas palavras: Passe o creme na mamãe, filhinha, não seja malvada. Besunto o corpo da minha mãe com os cremes. Ela fecha os olhos, exige adoração, fidelidade. Minha mão percorre o corpo diante da expressão atenta que logo ficará ao lado do olho e da casa como mais um emblema, algo reconhecível no meio de uma massa irreconhecível. Seu rosto executa o que serão seus últimos movimentos, em poucos segundos esses movimentos não serão mais possíveis, serão eliminados com o resto da máscara. Minha mãe e eu estamos sozinhas na casa, o testa de ferro com o cabelo pintado de acaju, meu primeiro amor, saiu cedo, estamos sozinhas, pela primeira vez depois de muito tempo estamos sozinhas, a menina, que nos unia e separava, não está mais aqui, a menina rompia a simetria perversa do duplo até não haver mais menina, e é por isso que minha mãe e eu estamos sozinhas na casa, como duas coisas redundantes que se negam mutuamente e florescem nesse ódio, como dois velhos partidos políticos que se amam em segredo nos esgotos ministeriais, sozinhas minha mãe e eu, que logo seremos uma, não estaremos mais separadas artificialmente. Uma vez cumprida a coisa, encarno sua beleza pretérita e mostro seu processo de envelhecimento futuro, como num conto de fadas, serei minha mãe em mim, através de mim, ela e eu, não haverá eu separada dela, eu morrerá com o rosto da minha mãe e por isso devo dizer quem era eu antes de abrir o frasco, logo, agora que minha mãe está com os olhos fechados de prazer, abrir o frasco, o líquido inocente, depois de espalhar os cremes nela, eu era quem?, outra menina que não conseguia dormir e andava pela casa à noite, atenta aos barulhos que vinham do quarto dos outros, abrir o frasco e derramar o líquido inocente no rosto, apagar um rosto, como num conto de fadas, como numa novela, apagar o rosto da bruxa, da velha malvada, certificar-se de queimar muito bem apenas um olho, deixar intacto o outro olho, a fonte das formas, o bebedouro das criaturas, o olho como uma valiosa peça de porcelana escura, agora também estou nua, enquanto isso, enquanto na cama ocorre a transformação, devo estar nua para que a transformação seja completa, minha mãe abre a boca numa última tentativa de se agarrar ao rosto que desaparece entre gritos que ninguém ouve, ninguém ouve nada, a casa, a arquitetura da casa, os materiais, as formas das paredes e do teto, extinguem o eco, nos isolam acusticamente do mundo exterior, meu corpo nu abafa os gritos, engole-os como se tudo fosse feito de veludo, o barulho entra em meu corpo e o mata, meu corpo morre, minha mãe se levanta da cama, corre até a porta mas a porta está trancada a chave, eu estou com a chave na mão e a dor dela é minha dor, ela entende que minha dor é dela, a dor é a chave que passa por nossas fechaduras, a boca aberta como uma fechadura. Visto o roupão florido da minha mãe, agora que minha mãe está no chão, quase imóvel, resignada, para de brigar, visto o roupão, coloco a chave na fechadura e abro a porta, desço as escadas em direção ao andar de baixo, onde ficam as cristaleiras cheias de porcelana, desço a escada, um degrau, outro, outro, acabou, me digo, acabou, está feito, toco o nariz para ver se ainda está ali, calma, eu digo, é o nariz velho da mamãe, o nariz que você podia tocar quando era criança sem ter medo de que caísse e o crânio da sua mãe aparecesse pelo buraco, é você, agora é seu nariz, leve-o, a seda do roupão queima na minha pele fria. Eu estava descendo as escadas quando vi o homem dos meus sonhos, o homem que naquela época não tingia o cabelo de acaju, mas passava gel para domá-lo, todos os homens que cercavam meu pai eram pessoas feias e desagradáveis, eu tinha catorze anos e todos diziam que eu era mais bonita do que minha mãe, e minha mãe insistia que eu tinha de corrigir pequenos defeitos, me convenceu de que precisava de alguns retoques, eu tinha catorze anos e queria ser mais bonita do que minha mãe, e minha mãe fingia liderar o caminho da beleza, quando seu propósito era encarnar o belo, o perigo do belo para a vida, como a bruxa má de um conto de fadas, ela dizia: isso não combina com aquilo, você deveria levantar um pouquinho aqui, limar esse volumezinho, melhorar a postura, seu pescoço é muito comprido e é uma boa ideia não mostrar tanto essa cabecinha, porque vai parecer uma girafa, a girafa descia a escada, medindo os passos para não parecer uma girafa, para disfarçar a desproporção que minha mãe não parava de apontar, esses braços tão compridinhos, esse pescoço, todos os homens do meu pai eram animais feios como eu, caras de sapo, caras de porquinho-da-índia, caras de porco, eles e eu éramos muito parecidos, éramos animais desproporcionais, eles não ousavam me tocar por mais que quisessem, e o homem do cabelo com gel se destacava entre eles como o único homem sem traços animais, era um homem que parecia saído de uma novela, lindo. Minha mãe proporcionou o encontro, me disse que eu tinha de me preparar para ser uma mulher de verdade, ela mesma mentiu ao meu pai para que o homem com gel pudesse me levar para casa. Eu amei o homem com gel, o homem com gel fez bem o papel que minha mãe havia lhe atribuído, era o testa de ferro, o ator de novela, não era bom em nada, mas podia se passar por qualquer um, fazia o que fosse necessário para não ser ninguém, usava todas as suas habilidades para viver fingindo, era um covarde, eu tinha catorze anos e gostava que aquele homem mais velho tivesse me notado, e a cumplicidade da minha mãe tornava a aventura mais emocionante, desci as escadas e o vi e senti meu estômago se revirar e contorcer como uma cobra. Esse homem foi meu amor, tive de me lembrar disso enquanto andava por seu escritório vazio, nos fundos da casa, no primeiro andar, as paredes com diplomas de contabilidade, estatística e economia emitidos por universidades de meia-tigela, uma estante com livros de encadernação de couro verde-escuro e uma foto da minha mãe em frente às torres gêmeas, o escritório do testa de ferro que agora é um velho nojento que pinta o cabelo de acaju e tem nojo de tocar na minha mãe, uma bicha velha vaidosa que só consegue dormir com menininhas, todo mundo sabe disso, mas minha mãe se faz de desentendida, depois de ter feito o que fez comigo. Não sei quanto tempo passou desde a última vez que estive na casa da minha mãe, talvez tenha sido há meses, não sei, também não lembro quando deixei de ter a menina, um dia ela não estava mais lá e minha mãe e eu voltamos a ficar sozinhas, como quando eu tinha catorze anos e nos trancávamos no meu quarto e ela me pedia para lhe contar os detalhes da minha relação com o testa de ferro, e então me dava conselhos sobre como eu deveria servi-lo, o que eu podia deixá-lo fazer em mim e como, e não achei estranho que ela soubesse com tanta precisão o que o testa de ferro gostava de fazer, minha mãe sabia dessas coisas, era minha professora de beleza, sua frase era: é preciso saber se dar o devido valor. E pendurava nessa frase básica todos os tipos de enfeites: é preciso saber se dar o devido valor, saber estar, saber posar, saber rir, quando chorar, quando exigir, quando implorar, fazer tudo na hora certa, uma mulher de verdade é aquela que finge submissão enquanto manda, aquela que finge mandar enquanto é submissa, assim o homem nunca sabe onde se posicionar, se em cima ou embaixo, você pode estar chupando o homem, mas a verdade é que você tem o membro dele ao alcance dos dentes e precisa deixar seus dentes tocarem um pouco o membro para que ele saiba, isso os deixa malucos, submissos, é você que manda, é você que sabe, foi assim que aprendi com minha mãe, que sempre insistiu que era preciso estudar muito, tirar boas notas. Não quero que você seja como eu, ela dizia, que não pude estudar e tive que ser assim. Você tem que estudar, ser a melhor aluna, ir pra universidade, ter um diploma, e então vai ser melhor do que eu, vai ser a mais bonita e a mais astuta, saberá como tratar os homens, saberá como vencê-los em seu próprio terreno, que é o terreno profissional, os escritórios, os corredores, as salas, os homens tremem quando aparece uma mulher que sabe, que pensa. Minha mãe incutiu o estudo em mim. Ela lia muito, lia de tudo, sem nenhum critério, qualquer coisa, e me ensinou a fazer o mesmo desde muito pequena, você tem que ler, ela dizia, hoje você não vai dormir sem ler alguma coisa, leia, temos muitos livros em casa, você tem muitas opções para escolher, a educação vem em primeiro lugar, você tem que saber se dar o devido valor. E em parte ela fazia suas ceninhas para me ensinar as coisas, uma vez havia um grupo de personagens com perucas e librés e vestidos de renda, pequenas figurinhas de cortesãos. Os personagens formavam um círculo em cima de um caranguejo vermelho em tamanho real. A cena se chamava Voltaire e seus amigos, disse minha mãe. E quem é Voltaire?, perguntei. E minha mãe me explicou que Voltaire era um filósofo francês e depois me explicou quem eram os amigos dele e me explicou o que significava França porque eu não sabia, era muito pequena e ainda não tinha viajado, a não ser para uma das propriedades rurais do meu pai ou para uma cidade litorânea onde uma vez me levaram de férias. Você tem que saber mais, minha mãe dizia, e na cristaleira ela arrumava as figurinhas para me ensinar as coisas: esse aqui é Bolívar, dizia, apontando para um soldadinho de chumbo;

e essa aqui é Manuela Sáenz, uma patriota, uma intelectual, uma revolucionária. Você tem que ser melhor do que os homens, nos livros só os homens aparecem, todo mundo sabe quem é Bolívar e todo mundo acha que Manuelita era apenas sua puta, mas ela era melhor do que ele e ninguém sabe, não podemos permitir mais isso. Você tem que estudar, se aprimorar, se superar. Uma mulher sem estudos não serve para nada hoje em dia, você tem que se destacar, conhecer os homens logo, assim não vão te surpreender, o desencanto é o coração do poder e o coração do desencanto é o amor, que é um sentimento impossível, que nunca se materializa em nada. Chegue ao coração do coração do coração antes de qualquer outra pessoa e vai entender a mecânica do mundo em que vivemos. Só as incautas se apaixonam, tudo tem um preço, é verdade, mas sempre há alguém que dita os preços e é esse alguém que se educa, a educação é a coisa mais importante, não se esqueça disso. E eu era uma menina pequena, tinha seis anos, lia na cama até muito tarde e à noite andava no escuro entre as cristaleiras com uma lanterna na mão, para iluminar as figurinhas e pensar sobre o que minha mãe tinha me ensinado. A cultura universal nas cristaleiras. O mundo era meu. Obrigada, mamãe, obrigada por me ensinar tanto. Te amo, mãe. Você me fez a mulher que sou. Agora devo descer as escadas para consumar totalmente a transformação. Somos uma coisa única sem nome. Você vai ser a coisa na casa, o resto, eu vou sair de casa e nunca mais vou voltar. Prometi há muito tempo que não voltaria, mas voltei. Naquela época eu ainda não entendia como me separar de você, por isso acabei regressando com a menina, depois de passar tantos anos ao léu, indo de um lugar para outro, a menina e eu voltamos e você foi generosa, abriu sua casa para mim, me emprestou dinheiro, alugou um apartamento para que a menina e eu pudéssemos viver bem. Voltei porque não tinha a quem recorrer, a menina estava doente. Eu tinha medo de que a menina também se tornasse sua aluna. De que você aproveitasse qualquer oportunidade para ensiná-la, para entregá-la ao homem de cabelo acaju. A menina desfazia a simetria entre nós, a dissimulava. Quando a menina já não estava, eu soube que íamos nos separar, que íamos ficar juntas, mais juntas do que nunca. E as coisas foram se armando sozinhas, o que a princípio surgiu quase como uma ideia, como uma faísca irresponsável da imaginação, foi tomando forma, a ação foi negociando, negociando para se encontrar com sua consumação, a ação queria destruir a si mesma no exato momento da sua realização, tornando-se algo normal em minha vida, dando sentido ao tempo da preparação e da espera. Fui metódica, erudita na coleta de citações que abriram o caminho para a ação, não me desesperei, fui ao coração do coração do coração e encontrei um looping de ódio, mamãe, um ódio que não era nem seu nem meu, era o ódio ao princípio cósmico do feminino, uma misoginia que ultrapassava os limites estreitos da psicologia social e adquiria proporções geológicas, a terra odeia o feminino, entendi, convencida de que havia encontrado um veio de sentidos preciosos que não devia ser explorado por ninguém, é assim que nós, mulheres, somos. Você gritava e aqueles gritos que não podiam sair da casa saíram, no entanto, da casa, de dentro de mim, comigo, você em mim, mamãe, juntas daqui em diante, nós duas sozinhas em mim, seu grito primitivo, telúrico, surgindo da coisa, abandonando a casa, em mim, em você. Não sei quando saí da casa, nem se os homens do testa de ferro continuarão me procurando. Tenho me escondido de todos, de um lado para o outro, onde não cogitariam me procurar. O testa de ferro só consegue fingir que pensa, mas não consegue pensar por si mesmo, era minha mãe quem pensava por ele. Agora o único abrigo disponível, onde ninguém virá me procurar, fica no oitavo andar de um edifício velho, monumental, central, à vista de todos, ignorado por todos. Já me escondi aqui duas vezes. Nessa zona, há décadas, construíram os cubos gigantescos que simulam um grande centro financeiro para a cidade moderna. Este era um prédio de escritórios e apartamentos onde banqueiros, corretores da bolsa, especuladores e mafiosos se hospedavam temporariamente. Mas isso já faz muito tempo, agora o prédio está fora de uso, embora seus proprietários devam estar ganhando dinheiro sem mexer um dedo, apenas deixando o prédio aqui, caindo aos pedaços, agora que o prédio está vazio, ou melhor, agora que ninguém o usa ou mora aqui, pois dizer que está vazio é a mesma coisa que mentir, o prédio está cheio de coisas: alguns escritórios têm arquivos cheios de papéis, notas promissórias, apólices, cartas, notificações, contratos, há máquinas de escrever amontoadas, móveis de design apodrecidos, calendários de 74, 72, 65, folhas de papel timbrado de uma seguradora, de um grupo de investidores, de uma agência de publicidade, santinhos, fotos de políticos de outra época, jornais e jornais e jornais velhos que parecem escritos em outro idioma. Isso me mantém ocupada. É preciso organizar tudo, arrumar os objetos em cada cubículo, em cada escritório, em cada corredor. Trata-se de montar cenas com o que está aqui, seguindo um padrão puramente gratuito de formas e tamanhos, sem outra motivação a não ser completar a ação para além do seu cumprimento, como uma coda. Quem me deu essa ideia foi outra mulher, uma mulher muito inteligente, admirável em muitos sentidos, mas que, no entanto, é prisioneira da sua educação. E sem falar no marido dela, um pobre-diabo, um monstro, sim, mas um pobre-diabo que vê o mundo por trás das grades da sua educação. O mais difícil é se libertar da educação, tive de fazer tudo isso para me desembaraçar. E ainda não tenho certeza se consegui, talvez isso tenha feito parte da minha educação, talvez essa sensação de realização seja, na verdade, o ápice da minha educação. De qualquer forma, ainda não terminei, tenho de desenhar a coda, as reticências. O prédio como um escólio feito de coisas encontradas aqui mesmo: uma escrivaninha, uma cadeira, um vidro quebrado, uma vela, cartuchos de bala (alguém andou treinando a pontaria aqui), material publicitário antigo de bancos e empresas. É assim que passo o dia. Muito trabalho para uma pessoa só. Muitas plantas, muitos escritórios, muitos objetos que preciso arrastar sozinha. Calculo que terminarei a obra em algumas semanas. Ainda tenho dinheiro, me pagaram bem para ser cobaia. Também ainda tenho comprimidos para vários dias. Muito de vez em quando vou ao supermercado pegar comida e comprar garrafas d'água. Outras vezes saio sozinha para dar uma volta, vou caminhar por onde haja mais gente, reconfortada no meio do tumulto, me sinto menos sozinha quando vejo que há outros como eu, perambulando como se não tivéssemos sobrado, como se fôssemos todos misteriosamente necessários, abandonados, desabitados, rostos em ruínas. As pessoas andam pela rua pronunciando números, cifras, as ruas não têm nome e por isso ninguém se preocupa com o destino de nenhuma rua, só há números, e números que pouco ou nada dizem. Ninguém pode falar de uma cidade sem nomes, é impossível, tudo é calculado para que o relato não surja de números mudos, e nas interseções cabalísticas que cada esquina gera só aparece um braço sob os escombros para pedir uma moeda pelo amor de deus, deixo-me arrastar pelos números que parecem ter se emancipado de qualquer aritmética, números abandonados, assim como nós, deixo-me arrastar e ao meu lado vão passando os corpos alheios, os aromas, as roupas dos executivos e das secretárias que parecem vagar sozinhas como num cortejo de elegância fracassada, a elegância impossível, inatingível, ao lado da elegância autêntica de alguns moradores de rua, que fazem sua própria vestimenta com os restos que os outros jogam fora, deixo-me levar e vejo à minha frente, como em outra cristaleira, sedutoras, as fendas alternativas que a cidade me oferece, a mendicância, a loucura, os vícios, a prostituição como tantas outras opções de consumo, coisas que em essência não podem ser separadas da vida das pessoas ricas, com suas próprias coisas de ricos enfiadas em suas próprias cristaleiras, essas coisas feias que se vê por aqui são apenas simulações, duplicatas, e ao mesmo tempo são uma só coisa com as coisas dos ricos, como agora minha mãe e eu, que não podemos mais nos separar. Então me lembro de que meu trabalho está inacabado, que ainda falta a coda, que os móveis e objetos do prédio devem sentir minha falta, agora que alguém está cuidando deles, que o melhor seria não me afastar do prédio nem ficar muito tempo fora, para que não me peguem antes de terminar, depois teremos a chance de decidir o que vamos fazer, mãe, não se preocupe, faremos o que for melhor para nós duas, agora precisamos voltar, desandar o caminho, despassear o que passeamos, no sentido contrário, revisar nossas decisões estéticas, nosso critério longamente amadurecido, contamos mentalmente o dinheiro que nos resta, voltamos pelo meio do tumulto, entramos no prédio pelo buraco que só você e eu conhecemos, onde nenhum segurança pensaria em olhar, e embora seja muito tarde, não importa que horas são, não importa que estejamos totalmente no escuro, começamos a trabalhar, a arrumar as coisas, a trabalhar e a trabalhar.

SIMETRIA TORTA

1

Por várias noites tive um pesadelo recorrente em que me vejo caminhando sozinho pelo jardim, um pesadelo que varia minimamente a cada repetição, embora o cenário seja sempre o mesmo, o jardim ao pé da fachada colonial do laboratório, a fonte espectral, os caminhos retos, retos, que levam a prados retos com canteiros de flores que, sob o luar, revelam cores novas e escuras, os bancos onde ninguém se senta, as árvores frondosas de folhas grossas, escuras e brilhantes. Cada folha tem o tamanho e o formato de uma máscara, como se reproduzisse o destemido encontro de quatro corujas idênticas alinhadas sobre os galhos. As corujas parecem sussurrar coisas umas para as outras e vigiar, vigiar o passeio, como as corujas das histórias antigas, que avisam ou ameaçam ou simplesmente carregam uma mensagem terrível. No entanto, olhando bem, me dou conta de que as corujas estão apenas comendo as frutas da árvore, frutas marrons por fora e laranja brilhante por dentro, muito carnudas, parecidas com *mamey* ou sapoti. Uma das frutas meio comidas cai aos meus pés, eu a pego para examiná-la e descubro que contém restos, pedaços de unhas, cabelos, dentes incrustados na polpa da carne alaranjada. Com os dedos vou arrancando essas coisas e assim entendo que não são algo externo à fruta, mas parte dela. Outro dia sonhei que a fome me levava a devorar as frutas, que tinham gosto de coisa que apodrece na geladeira. Outro dia sonhei que as frutas caíam no chão e começavam a rastejar como ratos peludos, e então as corujas faziam a festa, mergulhando e se cravando às presas, que produziam um guincho muito agudo quando eram capturadas pelos predadores. A única coisa que se mantém sem variações entre uma versão e outra é o fim do pesadelo, a imagem aterrorizante que sempre provoca a interrupção do sonho: a número 4 surge de trás de uma árvore, com uma fruta na mão, e caminha em minha direção, sorrindo.

Hoje, além do horror do pesadelo, acordo com uma preocupação: o que será que aconteceu com os animais?, penso, angustiado com o destino dos cães e dos macacos-aranha. É muito tarde para ligar para os gêmeos, mas deve haver gente vigiando o laboratório. Ligo para a central, e uma voz de homem que não reconheço atende. Eu me identifico, peço que me passem para a equipe de segurança. Enquanto toca a musiquinha de espera, tento voltar a montar uma imagem completa da minha situação: estou deitado numa grande cama de madeira, ao lado da minha mulher, numa casa de campo que o colega dela generosamente nos emprestou, rodeado apenas pelos ruídos da montanha, longe da cidade, longe do laboratório. Minha mulher, com sono, pergunta o que estou fazendo. Não respondo, simplesmente levanto a mão. Ela se vira e continua dormindo. A musiquinha para: Olá, doutor, boa noite. É o chefe da segurança. Alguma novidade por aí?, digo. Nadinha de nada, senhor, tudo tranquilo, seguimos aqui, atentos. E os animais? Estão bem? Sim, estão bem, responde o outro, confuso. Os dois cachorros e os dois macacos?, insisto. Sim, sim, doutor, são bem treinados, sempre sabem o que fazer, não se preocupe, nem por cima do meu cadáver vai acontecer alguma coisa com eles. Desligo.

Não sei por que tenho tanto medo de que algo possa acontecer com os animais, principalmente com os cachorros. Me levanto para urinar, bebo dois copos d'água seguidos. Minha garganta está seca, devo ter roncado a noite toda. A casa tem grandes janelas através das quais é possível ver o campo escuro, as árvores balançando ao vento. Me aproximo do vidro porque algo chamou minha atenção. Ao longe, num pasto, uma espécie de luz vaporosa muito tênue parece emanar do solo. Não é a primeira vez que presencio esse fenômeno. Quando eu era criança, meus pais me levavam a uma fazenda no meio de umas montanhas muito altas, fazia frio, não era incomum que tudo ficasse meio coberto de neblina durante boa parte do dia, o que significa que, com minha memória, não consigo reconstruir a forma que a casa tinha. De qualquer modo, era uma casa grande. As nuvens desciam e a cobriam até a metade, comiam parte do telhado. Havia também uma piscina de fontes termais que vinham de um vulcão próximo. Nós, crianças, tomávamos banho na piscina e saíamos fedendo a ovo podre por causa do enxofre e dos minerais. À noite, aquele mesmo brilho aparecia no chão. Nós, crianças, nos sentávamos nas vigas da casa e observávamos a dança vaporosa das luzes com um profundo sentimento de respeito e temor. Certa vez, ouvi um mordomo da fazenda dizer que aquelas luzes eram um sinal de que embaixo da terra havia uma *guaca*, uma sepultura antiga, certamente cheia de ouro e potes de barro. Ele disse que os *guaqueros* sabiam ler bem as luzes, pois, assim como havia algumas luzes que indicavam ouro, havia outras que não. Os maus *guaqueros* começavam a cavar e só encontravam ossos de vaca. Porque às vezes são os ossos que iluminam, me lembro de ele dizer. E isso de que os ossos podem iluminar no escuro ficou gravado em mim. Alguns anos depois, folheando uma enciclopédia, li sobre os fenômenos luminosos associados à ionização no meio de um campo elétrico muito carregado, o que os antigos conheciam como fogo de santelmo. São Telmo era o santo padroeiro dos marinheiros, que recorriam a ele quando os mastros dos barcos ou os para-raios se ionizavam durante uma tempestade e começavam a emitir o famoso fogo em forma de um jato azulado. Foi assim que eu soube que não era mentira: os ossos se ionizam tal como os mastros dos barcos e podem emitir essa luz estranha. Acontece também com os chifres de alguns animais nos dias em que a atmosfera está muito eletrificada, como está acontecendo esta noite. Depois de vários dias de sol e vento, o ar vem anunciando uma tempestade que ainda não chegou. Dá para sentir na atmosfera, no meu sono cada vez mais pesado das últimas noites. Também notei que a ionização afeta o corpo da minha mulher de uma maneira muito diferente da que afeta o meu. Durante o dia ela fica enérgica, poderosa, e à noite dorme como uma pedra. Eu, por outro lado, sinto arrepios o tempo inteiro. Mas não é exatamente nervosismo nem ansiedade. É algo mais profundo. E talvez literalmente, no nível das minhas partículas elementares afetadas pela dança dos elétrons na atmosfera. Algum dia descobriremos como esse fenômeno funciona em nosso corpo, o que ele desencadeia exatamente e quais consequências tem em nosso comportamento. Por enquanto, só nos resta especular sem podermos nos livrar da superstição, atentos às mudanças de intensidade no brilho do vapor azulado que sobe do pasto. Os ossos, meus ossos, doem. Desde o dia em que chegamos, há mais de uma semana, nossa principal atividade tem sido caminhar cada vez mais longe. No primeiro trajeto, seguindo as instruções do colega da minha mulher, dono da casa, caminhamos até um escarpado muito íngreme. As rochas estão quase inteiramente cobertas por pinturas rupestres de alguma cultura desaparecida sobre a qual nada se sabe, como nos explicou o colega da minha mulher, figuras muito simples de animais e linhas que formam uma espécie de grande labirinto. Fico impressionado com a cor, um vermelho intenso preservado, apesar de as pinturas terem milhares de anos. Também não faltaram engraçadinhos que vieram marcar com spray azul o nome nas pedras ou deixar uma declaração de amor em rosa ou homenagear seu time de futebol em verde. Escória, a maldita escória.

Outro dia chegamos a uma enorme represa, onde alugamos uma pequena lancha. Navegamos até a hora do almoço, depois comemos trutas numa churrascaria à beira do lago. Ultimamente conversamos pouco, minha mulher e eu. Só ficamos juntos, sem dizer nada, deixando o tempo se desenrolar à nossa volta. Também visitamos várias cidadezinhas próximas à represa, todas muito pequenas, com sua igreja, sua praça arborizada e sua delegacia de polícia.

Dia desses atravessamos até chegar ao extremo oposto da represa e caminhamos até outro escarpado, só que nesse caso as pinturas rupestres tinham sido parcialmente cobertas por pinturas que descreviam cenas religiosas, diferentes versões da aparição da Virgem, fiéis ajoelhados. A destruição das pinturas rupestres e as características dos riscos transformaram o local num santuário para escaladores e atletas radicais. A parede íngreme estava repleta de mosquetões, marcas de machadinhas e cordas. Minha mulher se interessou pela história do apagamento das pinturas rupestres. Depois de muito perguntar, encontramos, expostos em um centro de informações turísticas, folhetos explicando que um padre da região, preocupado com a proliferação de cultos pagãos em torno das pinturas, havia decretado que deviam cobri-las com imagens sagradas. O folheto exonerava o sacerdote de qualquer culpa, argumentando que se tratava de outros tempos, uma vez que aquilo havia ocorrido em plena época da *Violencia*, quando a luta entre liberais e conservadores obrigou estes últimos a tomar medidas desesperadas para evitar a idolatria e o avanço do comunismo e da maçonaria. Tirar os ídolos e pôr as imagens, disse minha mulher, depois de ler o folheto. Nós dois rimos. Estávamos sentados no meio da praça de uma daquelas cidadezinhas. Foi a única alusão à número 4 que nos permitimos. Não temos forças para lidar com o assunto, muito menos agora que sabemos o que ela fez. E essa falta de forças não é apenas emocional, mas também intelectual. Pensar nela nos causa algo parecido com o cansaço da linguagem. Hoje, enquanto voltávamos da represa, passando por campos de batata florescidos, minha mulher disse que o que o padre fez com as pinturas rupestres havia sido uma monstruosidade, que uma coisa dessas não tem nem nome. Encolhi os ombros, não queria pensar muito naquilo. Um iconoclasta, eu disse, como Moisés. Ela ficou me olhando muito séria e confessou que não se lembrava do episódio iconoclasta de Moisés, pediu que eu por favor contasse. Zombei porque minha mulher, quando criança, frequentou um colégio de freiras. Me conte, ela insistiu. E contei a história como me lembrava. Falei que o povo de Israel estava cansado porque Moisés não descia do monte, que havia subido para receber as tábuas da lei. Moisés tinha tirado todos do Egito, e eles se sentiam abandonados, sem um líder para seguir. Então Arão disse para o povo recolher os brincos de ouro das mulheres. Com esse ouro e um buril, Arão fabricou um bezerro de ouro, um ídolo ao qual o povo adorou com sacrifícios e celebrações. Deus avisou a Moisés: o povo se perverteu, abandonou o caminho que indiquei, agora vou descarregar toda a minha ira sobre essa gente indigna. E o mais incrível da história é que Moisés ousa criticar a falta de coerência de Deus. Tacitamente chama Deus de babaca. Diz ei, não seja assim, Deus, você tirou essas pobres pessoas do Egito, me pediu para guiá-las pelo deserto e agora, por uma bobagem, vai acabar com todo mundo? E Moisés convence Deus a não matar seu povo e então desce a montanha e encontra todos numa farra inacreditável, todo o povo de Israel dançando e se embebedando ao redor da estátua de ouro. Moisés fica furioso e aí vem outra coisa estranha: o cara fica com tanta raiva que joga as tábuas da lei no chão e as quebra, as tábuas escritas por Deus, de seu próprio punho. E não contente em prejudicar a festa dos judeus, pega o bezerro de ouro e o derrete nas chamas, pisoteando-o até virar pó, pó que espalha na água, água que faz todos os judeus beberem. Você acredita? Fez todos eles beberem a água com o pó de ouro do bezerro de ouro feito com os brincos das mulheres. A essa altura, minha mulher estava gargalhando com minha versão da história. Caminhamos assim por um tempo, rindo feito idiotas, uma risada que nos alivia e ajuda a evitar ter de pensar seriamente em tudo que vem acontecendo conosco. De vez em quando parávamos para admirar a paisagem e apontar detalhes, uma flor de batata, uma lesma num tronco apodrecido, um cogumelo roxo. Depois rimos de novo porque minha mulher disse que, perto da história distorcida de Moisés e do bezerro, a história do padre com as pinturas rupestres parecia quase inocente, pastoral.

Os ossos, meus ossos, doem. Estou cansado depois da longa caminhada de hoje. Preciso dormir. Agora o vapor azulado se extinguiu completamente no pasto, não há nem vestígios no ar preto, e tudo está mais uma vez muito escuro. O discreto fogo de santelmo que há poucos instantes brilhava no campo de repente parece uma coisa impossível, a noite recupera sua vulgaridade. Pela janela se vê apenas as formas das árvores, uma cerca. Minha garganta ainda dói. Bebo outro copo d'água antes de voltar para a cama ao lado da minha mulher, que dorme como uma múmia.

2

O dia seguinte amanhece com chuva. A tempestade finalmente chega, trovões ressoam. Enquanto tomamos o café da manhã, entediados com a perspectiva de ter que ficar em casa por causa do aguaceiro, recebo um telefonema de um dos gêmeos, o que fala demais. Ele quer saber quando vou voltar ao laboratório. Por aqui já está tudo sob controle, comenta ele, quer dizer, mais ou menos, continuamos alertas, mas já não há tanto alvoroço, e com a questão dos genéricos temos uma quantidade de trabalho que você nem imagina. Precisamos de você aqui, ele diz, pra ontem. Pergunto como estão os animais. Bem, bem, ele diz, acho que sentem sua falta, todos nós sentimos sua falta, venha logo, querido, venha logo. E mande oi pra sua mulher, dê um beijo nela por mim e diga que meu irmão vai passar na galeria e comprar uns presentinhos pra minha mãe. Desligo.

Terminamos o café da manhã em silêncio. E como não podemos fazer mais nada, resolvemos ler deitados na cama, com o ânimo meio perturbado pela madrugada acordados e pelo tempo cinzento.

Ao meio-dia o tempo abre, o sol surge e o céu clareia. Não parece que vai chover pelo resto do dia. Comemos uns sanduíches e saímos para nosso passeio diário, só que hoje, em vez de nos dirigirmos à reserva, pegamos as trilhas que sobem a montanha.

A subida é cansativa em função da umidade da floresta e da altitude. Precisamos parar e descansar de vez em quando. Fico sem fôlego, sinto uma taquicardia. O bom é que daqui de cima se tem uma vista muito bonita de todo o vale onde ficam a reserva e as cidadezinhas, os paredões íngremes nas laterais, os trechos de floresta.

Depois de chegar ao topo entramos num bosque frondoso, já não tão empinado. A caminhada neste momento se torna agradável, tranquila, de nenhuma forma angustiante. Somos guiados pelo som de um riacho que ainda não apareceu. Nós dois decidimos que seria justo poder beber água fresca da montanha. Minha mulher de vez em quando se distrai observando as orquídeas que crescem entre os galhos cobertos de musgo e barbas de líquens.

Depois de um tempo encontramos o riacho, bebemos até saciar a sede e enchemos algumas garrafas plásticas para o resto do caminho.

Seguimos o curso da água e, à medida que avançamos, uma espécie de rugido vai crescendo. Não demoramos a descobrir que o riacho despenca sobre um muro de pedra. Do alto observamos a queda da corredeira, ouvimos risos de mulheres, música tocando num rádio. Abaixo, no poço que a cascata forma ao cair, está um grupo de lavadeiras em pleno furor. Alguém poderia dizer que é um espetáculo repulsivo, aqueles corpos robustos de mulheres campesinas, que dançam cúmbia e ensaboam umas às outras ou esfregam lençóis obsessivamente, mas minha mulher e eu sabemos o que esse sabão pode fazer, até que ponto uma mulher pode chegar sob os efeitos desse sabão. E, além disso, o que vemos lá embaixo não nos parece grotesco, pelo menos não no sentido pejorativo. É engraçado o que as lavadeiras fazem com o corpo, a dança lânguida, por vezes frenética, a improvisação constante, como parecem não distinguir entre trabalho e lazer, as risadas que se cruzam com a explosão da cascata e espalham alegria. Não é certo espioná-las, diz minha mulher, vamos embora.

Descemos a montanha por um caminho diferente do que escolhemos para subir. Atravessamos campos ainda molhados do aguaceiro matinal. Minha mulher então pergunta por que o gêmeo ligou na hora do café da manhã. Quer que eu volte pro laboratório logo, digo. Ela não comenta nada, mas é óbvio que está irritada com a ideia de ter que voltar para a cidade. Se dependesse dela, ficaria vivendo aqui, dedicando-se à jardinagem ou à pintura a óleo de paisagens e ninfas campesinas em êxtase, como aqueles pintores austríacos do começo do século XX, que não sei se ainda odiamos. Talvez eu tenha me enganado quando disse que minha mulher é incapaz de abrir mão do seu bom gosto.

3

À noite, sonho mais uma vez o sonho do jardim e das corujas. As frutas rolam sobre as folhas do chão como ratinhos. A carne incrustada de dentes. Temo o fim do sonho, já o vejo chegando, consigo antecipar o terror. E então aparece: a mulher de vestido verde sai de trás da árvore com uma das frutas na mão. Ela se aproxima, sorrindo. As corujas caem atacando os ratos. Consigo controlar meu medo, mas estou impressionado com a presença da mulher, que agora está na minha frente, posso sentir seu cheiro, o cheiro do seu cabelo me dói. Agora vou rir, ela diz. E o som das palavras me pega de surpresa. Isso era algo que eu não esperava, não estava preparado para ouvir sua voz. A mulher dá um passo para trás, abre a boca, estou paralisado. A gargalhada entra no sonho com tanta violência que o despedaça. Acordo e entendo que a gargalhada é da minha mulher, que dorme de costas para mim. Na escuridão, só vejo seus longos cabelos, um vulto que se sacode levemente com a risada. Não sei se ela está dormindo. Pouso minha mão em sua cabeça, mas sua cabeça não é mais sua cabeça, nem seu cabelo é seu cabelo, nem minha mão é minha mão.

FONTES
Fakt e Heldane Text
PAPEL
Avena
IMPRESSÃO
Lis Gráfica

FSC
www.fsc.org
MISTO
Papel | Apoiando o manejo florestal responsável
FSC® C112738